€ 8,90

berlin – ecke bundesplatz
oder wie das leben so spielt

peter paul kubitz

berlin – ecke bundesplatz
oder wie das leben so spielt
das buch zur tv-reihe »berlin – ecke bundesplatz«

unter mitarbeit von doris erbacher
mit bildern aus den filmen
und mit fotografien von ingeborg ullrich

henschel verlag

Inhalt

Grußwort von Fritz Pleitgen **7**

Einleitung: Peter Paul Kubitz
Jeder erfindet früher oder später eine Geschichte … **9**

Kapitel 1: Constanze und Ülo Salm
Wenn es Wirklichkeitssinn gibt … **15**

Kapitel 2: Thomas Rehbein
Per Anhalter durch die Galaxis. **49**

Kapitel 3: Gerda und Gerd Dahms
Morgen ist auch noch ein Tag. **75**

1 **2** **3**

Kapitel 4: Berta Tomaschefski
Wenn der Mensch, nachdem er hundert Jahre alt geworden ...   **101**

Kapitel 5: Michael Creutz
Die Romantik ist weg ...   **131**

Kapitel 6: Marina Storbeck
Jede Geschichte hat einen Anfang ...   **159**

Kapitel 7: Reimar Lenz und Hans Ingebrand
Unsere Leben ...   **193**

Reisen in unbekannte Nähe
Ein Essay von Martin Wiebel   **231**

Materialien, Daten und Fakten
zur Filmreihe »Berlin – Ecke Bundesplatz«   **238**

Grußwort
Alltag und große Geschichte

Der Schauplatz Berlin war für den nordrhein-westfälischen WDR immer spannend und wichtig, gleich ob zu Zeiten der deutsch-deutschen Trennung, in den Umbruchzeiten des Mauerfalls oder jetzt, da Berlin sich anschickt, seine alte Funktion als Hauptstadt Deutschlands wieder auszufüllen.
Als ARD-Korrespondent habe ich auf »vorgeschobenem Posten« die DDR zwischen 1977 und 1982 erlebt. Ich arbeitete damals in einem Ost-Berlin, dessen Bewohner die Spaltung Deutschlands wie ihrer Stadt schweren Herzens zu ertragen hatten. Die Wiedervereinigung war ein Traum, der in weite Ferne gerückt war. Die Bürgerrechtsbewegung hatte noch keine Sogkraft auf die Massen, sie beschränkte sich auf politische Randgruppen und repräsentative Persönlichkeiten. Kurzum – die Menschen mit Wohnsitz Ost-Berlin nahmen zwar Anteil an deutscher Politik, waren aufgeschlossen und neugierig zum Reporter aus dem Westen, verbanden damit aber keine revolutionären Hoffnungen.
Frappierend ist es nun, beim Betrachten der Bilder und der Filme vom Wilmersdorfer Bundesplatz jenseits aller Systemgrenzen ähnliche Verhaltensmuster bei Menschen in Ost- wie West-Berlin zu entdecken. Hier wie dort die gleiche Offenheit und Neugier auf Leben und Mitmenschen. Hier wie dort aber auch gleiche Sorgen, der gleiche Alltagstrott.
Kein Wunder auch! Als unser Dokumentarfilmprojekt »Berlin – Ecke Bundesplatz« Mitte der 80er Jahre aus der Taufe gehoben wurde, da schien die insuläre Lage West-Berlins in alle Ewigkeit zementiert. Die sozialliberale Ostpolitik war eine Politik der kleinen Schritte und des behutsamen Pragmatismus. Sie hatte zwar einige kleine Löcher in den Wall rings um die alte Reichshauptstadt gebohrt, hatte Korrespondenten wie mich in den Ostteil der Stadt gebracht, aber die deutsche Einheit stand nicht (oder noch nicht) auf der Agenda.
Die Mauer, wie man sie in Filmszenen in all ihrer Häßlichkeit sieht, war alltägliche Tristesse geworden. Die Menschen hatten sich mit ihrer Existenz arrangiert, schenkten ihr meist keine Beachtung. Spätere Bilder zeigen dann das allmähliche Verschwinden der Teilung. Wo die Mauer stand, ist nur noch ein großer Grünstreifen zu sehen. Hier entwickelt der Film große dokumentarische Symbolkraft, gibt Zeugnis

vom allmählichen Verheilen einer tiefen historischen Narbe. Den widernatürlichen Zustand einer zerrissenen Stadt zu dokumentieren, ist an sich schon verdienstvoll. Bemerkenswert ist diese Fernsehreihe dadurch, daß der Beobachtungszeitraum anderthalb Jahrzehnte umfaßt – eine Geduldsprobe für den Sender als Auftraggeber. Zudem besaßen die Autoren Detlef Gumm und Hans-Georg Ullrich den Instinkt, eine interessante Mischung von Menschen zu finden; Menschen aus einem Berliner Viertel, deren Vertrauen und Offenheit die Filmemacher niemals mißbraucht haben.

Das Resultat dieser Arbeit liegt nun vor – und gleich zweifach: Als bewegtes Bild fürs Fernsehen wie schwarz auf weiß in Buchform. Das Ergebnis ist beeindruckend. Obwohl – das sei nicht verschwiegen – den Autoren auch ein Stück weit die große Weltgeschichte zu Hilfe gekommen ist. Nach ein paar Jahren der Dreharbeiten fiel die Mauer, stand der sozialistische Osten Deutschlands vor dem moralischen wie finanziellen Bankrott. Die Geschichte der Stadt Berlin und seiner Menschen nahm eine radikal andere Entwicklung, als es die Auftraggeber und Macher von »Berlin – Ecke Bundesplatz« jemals ahnen konnten.

Diese Umbruchsituation, diesen Weg Berlins von der Nischenexistenz, vom sozialen Biotop zur alten, neuen Metropolenstellung dokumentiert »Berlin – Ecke Bundesplatz« unaufdringlich aber unübersehbar. Die Lebenswege der Protagonisten nahmen mit den Jahren der Wiedervereinigung einen deutlich anderen Verlauf, als es die frühen Szenen vermuten lassen. Insofern ist »Berlin – Ecke Bundesplatz« auch ein Dokument des Zusammenwachsens zweier Länder, zweier Stadtteile.

»Berlin – Ecke Bundesplatz« ist in seinen Ergebnissen eine Ermunterung für den WDR und die ARD, dem langen Dokumentarfilm auch künftig Platz einzuräumen. Wir glauben, »Berlin – Ecke Bundesplatz« mit dem Programmschwerpunkt bei 3sat, der Programmnacht im Ersten, mit der Kinotournee und nicht zuletzt mit diesem Buch zu dem ihm gebührenden Rang zu verhelfen.

Fritz Pleitgen
Intendant des Westdeutschen Rundfunks

Einleitung
Jeder erfindet früher oder später eine Geschichte, die er für sein Leben hält
Max Frisch

Kein Mensch, der seine sieben Sinne beieinander hat, glaubt am Ende des 20. Jahrhunderts noch, daß das, was wir auf dem Bildschirm oder auf der Leinwand zu sehen bekommen, der Wirklichkeit entspricht oder auch nur annähernd wahr sein soll. Daher fallen Filme aus der Reihe, die dennoch den Anspruch erheben, dem Leben wahrhaft nahezukommen. Sie verletzen die Regeln des Programms. Die sechs Filme der Fernsehreihe »Berlin – Ecke Bundesplatz« tun das. Darin sind sie, am Ende dieses Jahrhunderts, zumindest in der deutschen Film- und Fernsehwelt nahezu einmalig. Der WDR-Redakteur Martin Wiebel, der das Zustandekommen dieser Reihe ermöglicht und die Filmemacher über all die Jahre hinweg freundschaftlich begleitet hat, weiß ein Lied von der Mühsal zu singen, den alltäglichen Irrsinn und den nicht totzukriegenden Wunsch nach einem glücklichen Leben – unbeeinflußt von Werbeblöcken, Einschaltquoten und schriller Vermarktungstrategie – auf dem Bildschirm zu plazieren. Filmkritiker haben immer wieder darauf hingewiesen, daß die Filme der Fernsehreihe »Berlin – Ecke Bundesplatz«, die zwischen 1985 und 1999 entstanden und zunächst als nachmittägliche Serie gezeigt wurden, im Grunde nur mit dem legendären DDR-Dokumentarfilmprojekt »Lebensläufe – Die Kinder von Golzow« von Winfried Junge vergleichbar seien. Das trifft die Sache nur ungefähr. Zwar handelt es sich bei beiden Dokumentarfilmen um sogenannte Langzeitbeobachtungen, aber die Gesellschaft und die Zeit – in beiden Fällen wesentliche Aspekte des filmemacherischen Selbstverständnisses – sind völlig verschieden. Winfried Junge begann seine Alltagsbeobachtungen bereits 1961 in der DDR und entwickelte aus seinen Personenporträts bis zum Fall der Mauer nach und nach ein dokumentarisches »Sittengemälde« seiner sozialistischen Gesellschaft – ein außergewöhnliches Abbild gesellschaftlicher Wirklichkeit, die am Ende nicht in den Losungen von Partei und Regierung aufging.

Hans-Georg Ullrich und Detlef Gumm aber nahmen ihre dokumentarische Arbeit 1985, vier Jahre vor der deutschen Wiedervereinigung auf. Zu diesem Zeitpunkt hatte sich in der Bundesrepublik das sogenannte Privatfernsehen als kommerzielle Konkurrenz zu den öffentlich-rechtlichen Sendern etabliert. Es war abzusehen, daß eine Langzeitbeobachtung wie „Berlin – Ecke Bundesplatz« eine einmalige Leistung des WDR bleiben und zeitlich wesentlich begrenzter sein würde als das oft zitierte Gegenstück aus der DDR. Mit diesem Wissen starteten Hans-Georg Ullrich und Detlef Gumm 1985 ihre dokumentarische Arbeit, nicht frei »von dem Druck der Verantwortung, die aus dem Bewußtsein kommt, wohl die Letzten zu sein, denen das Fernsehen eine solche Unternehmung ermöglicht« *(Ullrich).*

Hans-Georg Ullrich und Detlef Gumm begannen ihre dokumentarische Arbeit 1985 in der erklärten Absicht, ihre »Helden« wenigstens bis zur Jahrtausendwende kommentarlos und möglichst ideologiefrei zu begleiten, nur gespannt auf die Differenzen, die sich zwischen Wunsch und Wirklichkeit bei jedem – wie weit und bewußt auch immer – auftun würden; gespannt darauf, wie ihre Mitmenschen mit unrealisierbaren oder unrealisierten Träumen zurechtkommen würden und mit der Realität, die sich im Laufe eines Lebens aus dem Gegenüber zur Gesellschaft ergibt.

Für diese Unternehmung hatten sie sogar ihr Filmbüro an den Bundesplatz verlegt. Sie wurden selbst ein Teil des Schauplatzes, den sie fünfzehn Jahre lang beobachteten. Mehr als für die meisten anderen Dokumentarfilme gilt denn auch für die »Bundesplatz«-Filme, daß sie von dem geprägt sind, was in ihnen nicht oder nicht direkt vorkommt, sowie von dem Vertrauen, das die Dargestellten ihren Darstellenden entgegengebracht haben.

Der Bundesplatz, das ist nicht gerade eine Stelle, an der das Berliner Großstadtleben pulsiert. Am Bundesplatz, mehr ein Verkehrskreuz als ein kommunaler Treffpunkt, leben vornehmlich Angestellte, Beamte und deren Witwen – Kleinbürger also – mitunter knapp an der Grenze zum sozialen Abstieg. Der Bundesplatz gehörte nie zu den prominenten Vierteln in der Stadt, er mußte ohne die Berühmtheiten, ohne die aus der Geschichte herausragenden Gestalten auskommen.

Hans-Georg Ullrich und Detlef Gumm haben sich auf das Unspektakuläre eingestellt. Sie haben auf den harten Kontrast des »Vorher« und »Nachher« erst einmal verzichtet, haben den großen Effekt zunächst zurückgestellt und sich den kleinen Veränderungen gestellt, die das Leben im Laufe der Zeit so mit sich bringt. Jahr für Jahr mitanzusehen, wie das Leben der Menschen an so einem unauffälligen Ort vergeht und wie es ihnen dabei ergeht, und nicht zu wissen, ob und wie sich diese Geschichten über einen so relativ langen Zeitraum entwickeln werden, das ist etwas ganz und gar anderes, als in großen Abständen wieder an den Ort des Geschehens zurückzukehren, um nachzusehen, ob sich etwas getan hat – oder ob wenigstens die Zeit den »handelnden« Personen etwas angetan hat, das sich in eine Geschichte verwandeln läßt. Die Filmemacher gingen von daher ein zweifach hohes Risiko ein: Sie waren mit ihren

Hauptfiguren permanent an ein und demselben Ort, waren quasi am Drehort »zu Hause«, und sie waren immer Teil einer auf den ersten Blick sensationslos erscheinenden Gegenwart. Wie hält man in einer solchen Situation die Balance zwischen Distanz und Nähe? Wann, in welchen Momenten ist man mit der Kamera und dem Mikrophon dabei? Wie lebt es sich mit dem Zufall, dem unberechenbaren Regenten jeder Geschichte? Wer definiert, was wichtig ist oder werden könnte im Leben der Alltagshelden? Und was geschieht, wenn nichts geschieht?
Am Ende bilden natürlich auch diese Filme – was sie von Anfang an auch sollten – ihre Vergangenheit aus. Doch sie tun es nahezu unmerklich, so wie es uns selbst ergeht, wenn wir eines Tages beim Blick in den Spiegel überrascht feststellen, daß wir älter geworden sind und das Leben uns unübersehbar die Spuren ins Gesicht zu zeichnen beginnt.
Das Leben geht weiter. Diese Feststellung liegt der Buchbearbeitung der Filme zugrunde. Ich teile sie auch mit den Protagonisten vom »Bundesplatz«, die so offen und so freundlich waren, sich nach der ganzen »Filmerei« noch einmal mit mir zusammenzusetzen, um, mit dem Familienalbum oder einem Karton unsortierter Fotografien auf dem Schoß, ihr bisheriges Leben, auch über die vielen Filmjahre hinaus, Revue passieren zu lassen. Erst diese Zusammenarbeit ermöglichte mir den Zugriff auf den Stoff der Filme, den Eingriff in das vorgespielte Material.
Als ich die Filme am Schneidetisch ansah, stellte sich mir die Frage, was und wieviel ich von den Filmen selbst bewahren und was ich anders machen wollte oder mußte bei diesem »Buch zum Film«. Es zeigte sich, daß viele Situationen nahezu im Originalton übernommen werden konnten, daß sie gleichsam aufgegriffen werden mußten, weil es sich um Szenen handelte, in denen im individuellen Leben das exemplarische aufblitzt, mit all seinen komischen und tragischen Momenten. Was die Buchbearbeitung kaum zu leisten vermag, ist die Wiedergabe der Tempi, der Pausen, die diesen komischen, tragischen, exemplarischen Momenten ihre eigene Temperatur, ihr eigenes Timbre geben: die Art, in der sich eine Stimme verwandelt, etwa wenn sie sich, heiser und kaum hörbar, gegen eine lebensbedrohliche Krankheit zu behaupten versucht, die Art, in der eine Person ins Lachen kommt oder beinahe zu Weinen beginnt, in der sie eine andere Person im Sprechen unterbricht oder durch eigenes Schweigen zum Schweigen bringt. Mit dem Wechsel des Mediums mußte ich vieles davon

»abschreiben«, darauf hoffend, daß sich im veränderten Zusammenspiel zwischen geschriebenem Text und fixiertem Bild auch etwas davon bewahren und vermitteln läßt. Doch Verlust kann auch Gewinn bedeuten.

Durch den radikalen Eingriff in den Fluß der Bilder und der Worte wurde die ganze Geschichte mit all ihren Geschichten neu zusammengestellt: Zwar sind alle Kapitel des Buches, schon um dem Leser eine Orientierung zu ermöglichen, in sich chronologisch aufgebaut, doch werden durch das Herausheben und Festhalten einzelner Augenblicke diese selbst verwandelt. Aufgeschrieben und mit eigenen Kommentaren und Überschriften versehen, sind die Kapitel wie Miniaturen, in denen der Augenblick neu eingefangen und neu geformt wird, und entwickeln eine ganz eigene Schärfe. Sie erfassen eine andere Wirklichkeit als das Objektiv der Kamera, das zwischen den Zeilen blind ist.

Die im Buch angehaltene Film-Zeit wird darüber hinaus von sehr unterschiedlichen fotografischen Aufnahmen kommentiert: Am Anfang jedes Kapitels sind es die bereits erwähnten Bilder aus dem Privatbesitz der Protagonisten, wo möglich Bilder aus der Kindheit und Jugend. Dazu kommen die Bilder der Fotografin Ingeborg Ullrich, die die Filmemacher während der Dreharbeiten begleitet und dabei auch das private und öffentliche Ambiente der Bundesplatz-Bewohner aufgenommen hat: Wohnzimmerwände, Schreib- und Küchentische ebenso wie Klingelschilder, Häuserecken und ganze Straßenzüge mit den Bewohnern und Passanten.

Die Fotografien von Ingeborg Ullrich geben den Geschichten der Leute vom Bundesplatz einen eigenen Halt und eine zusätzliche Dimension. Im Vis-à-vis zu den Fotografien aus den Familienalben »schreiben« sie noch einmal auf ihre Weise »Biographien«. Und sie ermöglichen, wesentlich stärker als in den Filmen, bei jeder Figur den Vergleich von Vergangenheit und Gegenwart. Gemeinsam mit den niedergeschriebenen Lebensläufen, die jedes Kapitel eröffnen, führen sie zu der Frage hin, wie das Vergangene in der Gegenwart auftaucht, ein Teil von ihr wird und ein Teil von ihr bleibt.

Peter Paul Kubitz

Kapitel 1
Wenn es Wirklichkeitssinn gibt, muß es auch Möglichkeitssinn geben.
Robert Musil

»Ich möchte so leben, daß andere mich für einigermaßen anständig halten.«
Ülo Salm

»Mein Lebensmotto lautet: besser zu sein als der Durchschnitt.«
Constanze Salm

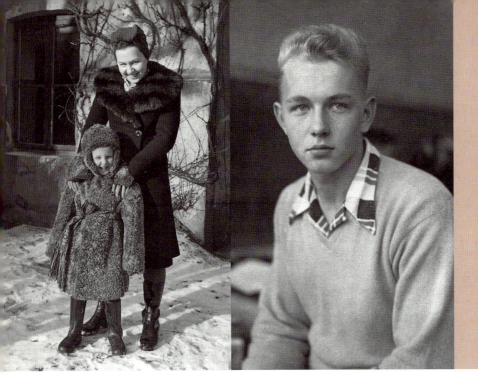

Es sei eines seiner schönsten Lebensjahre gewesen, sagt der Rechtsanwalt und Notar Ülo Salm im Rückblick auf seinen einjährigen Aufenthalt in den USA 1953/54. Damals lebte er als Austauschschüler in Kalifornien. Die Reise nach Amerika habe den Abschied von einer »herben Kindheit« bedeutet.

Ülo Salm, 1936 in Estland geboren, kam im Oktober 1945 nach Berlin. Seine Familie war im Zuge der »Heim-ins-Reich«-Aktion der Nationalsozialisten 1941 über Königsberg und das besetzte Polen nach Deutschland aufgebrochen. Die Mutter, »deutschstämmig«, hatte mit ihrer »arischen« Herkunft den Auszug aus dem »sowjetischen Einzugsbereich« (Ülo Salm) möglich gemacht.

1942 – die Mutter arbeitet beim »Reichssender« in Königsberg, der Vater ist im Krieg – wird Ülo Salm auf ein Landgut in Polen geschickt, »ein Anwesen, das den armen Polen weggenommen worden war« (Salm). Im »Wartegau« bleibt der Junge, der bis dahin kein Wort deutsch gesprochen hat, zwei Jahre lang bei deutschen Landadeligen. 1944 bringt ihn die Mutter aus Furcht vor der sowjetischen Armee zur Großmutter nach Schwerin.

Der Vater, geboren 1902, hatte in der estnischen Armee als Leutnant gedient und war Mitglied der Leibgarde des Präsidenten Päts gewesen. Bei Kriegsende ist er deutscher Major und kämpft in der Normandie gegen die Amerikaner. Er gerät in Gefangenschaft und kommt noch vor der Kapitulation und der Befreiung Deutschlands von der Naziherrschaft im Zuge eines Gefangenenaustauschs schwerverwundeter Soldaten frei. Als der Vater zurückkommt, trennen sich Ülo Salms Eltern. Die Mutter, von der Ülo Salm heute sagt, sie habe nie um ihn gekämpft, zieht nach Hamburg. Er sieht sie erst 1957, zur Beerdigung der Großmutter, wieder.

Im Herbst 1945 holt ihn der Vater nach Berlin. Das Verhältnis zwischen Vater und Sohn ist schlecht: »Vielleicht mochte er mich nicht, weil ich eher nach der Mutter schlug.« Ülo Salm muß den Haushalt führen, kochen, flicken, nähen (»das kann ich bis heute noch perfekt«) und bekommt »jeden Tag Dresche«. Von 1947 bis 1949, als sich der Vater zum Jura-Studium nach Bonn zurückzieht, lebt Ülo Salm erneut bei seiner Großmutter, die von Schwerin nach Berlin gezogen ist und im Osten der Stadt an einem Lehrerseminar Russisch unterrichtet. Nach der Rückkehr nimmt der Vater das Kind wieder zu sich. Er möchte, daß Ülo Salm eines Tages ebenfalls Jura studiert, weil man damit seiner Ansicht nach in praktisch jeder Berufssparte beste Aussichten auf

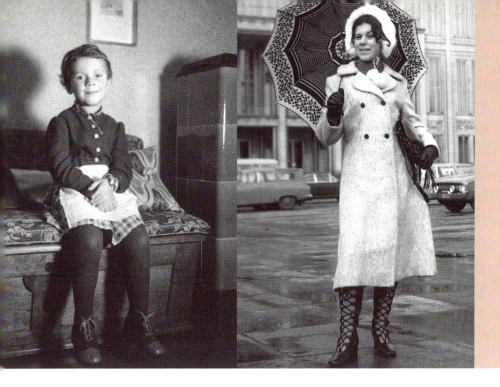

eine Karriere hat. Doch damals wäre Ülo Salm lieber Künstler, genauer gesagt, Werbegrafiker oder Karikaturist geworden, mit abgeschlossenem Studium an der Berliner Hochschule für Bildende Künste. »Aber da fehlte es mir an der notwendigen schöpferischen Phantasie. Auch wenn ich phantastisch zeichnen konnte, mir fiel einfach nichts ein«.

Dann liebäugelte er mit einer Ausbildung an der Forstakademie, »aus Liebe zur Natur«, doch diese war Mitte der fünfziger Jahre völlig überlaufen. Und schließlich wäre er auch noch gern zur Marine gegangen. »Ich hatte ja keine Kindheit gehabt. Ich hatte Fernweh. Aber dann dachte ich mir: Du willst einmal heiraten, und dafür ist die Marine ein gänzlich ungeeigneter Beruf.«

Geschauspielert wird überall.

Juni 1987. In einem der prächtigsten Altbauten am Bundesplatz treffen sich die Filmemacher Detlef Gumm und Hans-Georg Ullrich zum ersten Drehtag mit dem Rechtsanwalt Ülo Salm.

Ülo Salm: Ich habe eine sogenannte Feld-, Wald- und Wiesenpraxis, das heißt, eine Allgemeinpraxis, und die Mandanten setzen sich im Grunde genommen zusammen aus allen Bevölkerungskreisen. Leute mit Familienproblemen, Mietstreitigkeiten, Verkehrsunfällen, Strafsachen, großen und kleinen, Ausländersachen und Verwaltungssachen, Sozialsachen, alles mögliche. Der Schwerpunkt liegt bei mir allerdings in erster Linie auf dem Notariat.

Über mich selbst möchte ich nicht sprechen. Ich kann nur sagen, was für Eigenschaften meiner Meinung nach ein guter Anwalt haben muß. Er muß vor allen Dingen, wie die meisten Juristen allerdings, einen Blick fürs Wesentliche haben, er muß also den Kern der Dinge sehr schnell erkennen können. Da eine auch nur einigermaßen laufende Praxis eine enorme Arbeitsbelastung mit sich bringt, muß er auch sehr schnell arbeiten können. Für das Publikum oder für die Menschen, die er zu betreuen hat, ist wichtig, daß er Vertrauen erweckt, daß er Verständnis für die Leute hat, daß die Leute auch empfinden, daß er Verständnis hat, daß sie sich bei ihm aufgehoben fühlen, daß sie gerne zum Anwalt gehen.

Detlef Gumm/Hans-Georg Ullrich: Ist der Anwalt Psychologe, ist der Anwalt Schauspieler, oder ist der Anwalt alles zusammen? **Ülo Salm:** Der Anwalt ist nicht mehr Schauspieler als jeder andere Mensch. Ich meine, jeder Mensch spielt ja eine gewisse Rolle in der Gesellschaft, und jeder trägt eine Fassade oder eine Maske. Geschauspielert wird ja in allen Berufen bis zu einem gewissen Grade. Ich glaube nicht, daß der Anwalt mehr Schauspieler sein muß als irgendein anderer.

Eine Fahrt im Rolls-Royce

April 1988. Ülo Salm kutschiert die Filmemacher im Rolls-Royce durch Berlin. Die Gelegenheit für ein Gespräch über das vollkommene irdische Glück.

Detlef Gumm/Hans-Georg Ullrich: Umgeben Sie sich gern mit feinen Gegenständen, mit einem gepflegten Auto? **Ülo Salm:** Sehr gern. Unschwer zu erkennen. Das ist eine Sache, über die ich mich natürlich freue, die ich sehr gerne habe, die mir auch Freude und Spaß macht, aber es ist sicherlich nicht das Ausschlaggebende. Ich sag' immer, so zum Spaß: Wenn ich eines Tages mal Pleite gehen sollte, dann werde ich eben notfalls drei Jahre auf Apfelsinenkisten leben, das geht auch.

Detlef Gumm/Hans-Georg Ullrich: Können Sie sich ein Leben in Armut vorstellen? **Ülo Salm:** Ja. Ich gehöre ja nun zu einer Generation, leider schon, muß ich sagen, die sehr schwere Zeiten erlebt hat. Ich habe an die Zeit nach dem Kriege, als es uns allen sehr schlecht ging, schon etwas Erinnerung. Wir haben damals wirklich gehungert und gefroren. Wir hatten nichts. Null. Also insofern weiß ich schon, wie es ist, arm zu sein. Aber der Mensch ist ja ungeheuer anpassungsfähig, und man hat es ganz gut überstanden, meine ich.

Dezember 1987. Fernsehbilder zeigen den Rechtsanwalt, wie er seinen Mandanten, den bekannten ehemaligen Boxer Bubi Scholz, aus dem Gefängnis abholt.
Bubi Scholz, Boxidol vergangener Jahre, bei seiner Entlassung aus dem Gefängnis Berlin-Tegel. Scholz hatte 1984 seine Frau Helga erschossen und war wegen fahrlässiger Tötung zu drei Jahren Haft verurteilt worden.
Der 57jährige wurde von seinem Anwalt erwartet, der ihn im Rolls-Royce nach Hause fährt.

Ülo Salm geht mit seinen beiden Doggen im Wald spazieren.
»Im Gegensatz zu einer weitverbreiteten Auffassung sind die Doggen überhaupt nicht aggressiv. Ganz lieb, ganz sensibel. Und sehr zärtliche Hunde sind sie auch.«

Detlef Gumm/Hans-Georg Ullrich: Darf denn ein Anwalt politische Gesinnung zeigen? **Ülo Salm:** Sollte er, warum nicht?

Detlef Gumm/Hans-Georg Ullrich: Können Sie sich vorstellen, daß Sie auch, sagen wir mal, Terroristen verteidigen? **Ülo Salm:** Hm, wenn Sie jetzt Terroristen aus dem Umfeld der RAF und vergleichbarer Organisationen meinen: Ja, ich könnte es mir vorstellen. Ich würde es wahrscheinlich nicht so schrecklich gern tun. Es ist nicht ganz meine Welt.

Detlef Gumm/Hans-Georg Ullrich: Was wäre denn für Sie vollkommenes irdisches Glück? **Ülo Salm:** Oh, das ist eine sehr schwierige Frage. Der Mensch ist ja ein soziales Wesen, und eines der wichtigsten Dinge für einen Menschen überhaupt ist es, einen Partner zu haben, mit dem man sich sehr gut versteht und mit dem man glücklich ist. Das ist so mit das Wesentlichste, glaube ich. Materielle Werte sind zwar sehr angenehm und tragen sicherlich zum Glück etwas bei. Man weiß ja, daß so Reden wie »na ja, aufs Geld kommt es nicht an« und »Hauptsache, man ist glücklich« und »Hauptsache, in der Liebe stimmt alles« und so weiter, daß das nicht stimmt, wenn materielle Not herrscht. Aber es ist sicherlich nicht das Ausschlaggebende. Also, ich meine schon, daß, aus meiner Sicht jedenfalls, eine Partnerschaft, eine glückliche Partnerschaft, eine harmonische, im Leben mit das Wichtigste ist.

Januar 1988. Ülo Salm mit seiner Frau Constanze beim Berliner Presse-Ball, dem damals wichtigsten gesellschaftlichen Ereignis in der Stadt.

Auf in den Osten! – Im schwimmenden Supermarkt

September 1989. Ülo Salm ist in Hamburg. Er hat mit westdeutschen Kapitalanlegern ein sowjetisches Schiff gechartert. Der Katamaran, einst Fährschiff auf der Ostsee, wurde im Hamburger Hafen zu einem schwimmenden Supermarkt umgebaut.

Ülo Salm: Wir haben heute Glück, gutes Wetter, prima, das ist ein gutes Omen. It's a good sign, you know, for our future!

Wir haben hier auf dem Schiff zwei Verkaufsetagen und eine Bar. Wir hatten gedacht, daß wir eine Verkaufsetage für die üblichen Konsumgüter, wie die Duty-free-Läden sie haben, einrichten, also Zigaretten, Alkohol, Textilien, Parfum oder auch Kosmetikartikel und dergleichen, und in der anderen Etage ist Technik, also Elektronik, Haushaltsgeräte, vom Videorecorder bis zum Naßrasierer. Und dann ist in einem der beiden Decks noch die Bar.

Detlef Gumm/Hans-Georg Ullrich: Ich nehme an, Frau Salm kriegt Kauflust?

Constanze Salm: Ja, ich bin sowieso sehr kauffreudig (*lacht*).

Es ist faszinierend. Ich hab's ja immer nur gehört, immer nur aus Gesprächen, aber wenn man's dann so fertig sieht und es riecht dann so schön westlich nach Intershop, dann ...

Detlef Gumm/Hans-Georg Ullrich: Was heißt das, westlicher Geruch? **Constanze Salm:** Ich bin ja Leipzigerin, und wenn man früher 'n Westpaket bekommen hat, und man hat das ausgepackt, da entströmte dem Paket ein bestimmter westlicher Geruch, der sich mischte, Kaffee, Seife, Zigaretten – Westen einfach. Und der Intershop, wenn man da reinkommt, hat auch einen ganz spezifischen Geruch, und genau der fiel mir hier auch wieder auf.

Ülo Salm: Das Schiff ist insofern ein Pilotprojekt, als es der erste private Valutaladen ist mit westlicher Beteiligung. Also, ein echtes west-östliches Gemeinschaftsunternehmen, ein deutsch-sowjetisches Gemeinschaftsunternehmen auf Valutabasis und in privater Hand! Wenn hier erst mal Gläser und Flaschen und alle möglichen Gefäße stehen, dann wird's hier ein bißchen Farbe haben, und ich denke, wir werden hier auch einigen Umsatz machen.

Constanze Salm (*während sich die Männer auf dem Schiff fotografieren lassen*): Ich find's einesteils gut. Was ich nicht so gut finde: daß unser Privatleben total darunter leidet, es findet eigentlich nicht mehr statt, aber ich hoffe, daß sich das, wenn das jetzt alles am Laufen ist, dann wieder etwas entspannt. ...
... aber ich hab' dafür natürlich Verständnis und hoffe auch, daß es sich lohnt, diesen Einsatz zu bringen.

Februar 1990. Ülo Salm geht durch die estnische Hauptstadt Tallinn Richtung Hafen und begibt sich in seinen schwimmenden Intershop.

Ülo Salm: Die Menschen geben mehr Valuta aus als wir gedacht haben, das Geschäft läuft also etwas besser als erwartet. Man ist immer so ein bißchen skeptisch, es war ja auch ein Risiko, die Konkurrenz wächst.
Detlef Gumm/Hans-Georg Ullrich: Können Sie sich vorstellen, ähnliche Geschäfte in der DDR in der neuen politischen Situation aufzuziehen? **Ülo Salm:** Ich glaube, daß die DDR-Situation eine grundlegend andere ist. Die Wandlungen vollziehen sich ja dort mit faszinierender Schnelligkeit. Es kann gut sein, daß in diesem Jahr das gesamte DDR-System ein anderes sein wird. Hier kann es nur ganz, ganz langfristig angelegt sein. Wir dürfen ja nicht vergessen, wir sind in der Sowjetunion und nicht in Deutschland.

Eine Farbreportage für eine deutsche Illustrierte

Weder Straßenpfiffi noch Jaffakiste
August 1990. Constanze Salm nimmt in Österreich an einem Sportwagenwettbewerb teil.

Constanze Salm: Mein Mann ist Gott sei Dank nicht der Mann, der das große Auto fährt und die Frau den kleinen Straßenpfiffi, weil's so praktisch ist. Er sagt, na ja, gut, wenn du auch ein schönes Auto haben willst, ich kann das verstehen. Und ich fahr' ja nun das Kontrastprogramm sozusagen, und das ist für ihn auch mal schön. Dann fahr' ich mal den Rolli und er mal den Corvett, weil er ja auch mal gern ein schnelles Auto fährt. Wir haben ja jahrelang nur Jaguar gehabt.
Ich finde es schön. Ich habe meine Freude dran. Aber wenn's nicht geht oder nicht sein soll, dann kann ich auch mit einer rostigen Ente fahren, das ist wirklich nicht mein Problem.
Detlef Gumm/Hans-Georg Ullrich: Von Leipzig bis hierher, was war das für ein Weg in Ihrem Leben? Es war gewiß kein leichter. **Constanze Salm:** Nein, es war kein leichter. Es wurde natürlich erleichtert durch die Heirat mit meinem Mann. Dadurch wurde ich ja auch nach Berlin verschlagen. Und dadurch wurde mir vieles möglich gemacht, was wahrscheinlich sonst nicht so ohne weiteres der Fall gewesen wäre – obwohl ich schon eine Kämpfernatur bin. Aber manches geht dann eben doch nicht, zumindest nicht so schnell.

Constanze Salm: Heute ist nur Schönheitswettbewerb, morgen ist Rallye und Fahrerlehrgang. **Passant:** Der Schönheitswettbewerb für die Autos oder die Fahrerinnen auch? **Constanze Salm:** Es steht nur das Auto auf dem Programm! **Passant:** Fahren's denn da selber mit bei dem Rennen? **Constanze Salm:** Nein, ich fahr nicht, weil mir das, ehrlich gesagt, zu gefährlich ist.

Detlef Gumm/Hans-Georg Ullrich: Ihr Mann hat mal gesagt, er könnte auch in Jaffa- oder Apfelsinenkisten leben. Können Sie sich Armut wieder vorstellen in Ihrem Leben?
Constanze Salm: Also, ich will's mal anders formulieren. Ich würde nicht in Jaffa-Kisten leben, weil ich 'ne ganz andere Beziehung zu 'ner Wohnung habe als mein Mann. Mein Mann ist so ein Typ, der kann eigentlich alles abhaken, wenn's sein muß. Aber ich muß zumindest irgendwie gepflegt wohnen können. Und sei es mit Ikea oder ganz preiswert, aber irgendwie heimelig und gemütlich. Und Jaffakiste ist für mich nicht gemütlich.

Rückenwind auf Rügen

Oktober 1990. Mit dem Wind der Wiedervereinigung im Rücken reisen Ülo Salm und seine Geschäftspartner auf die Ostsee-Insel Rügen. Die Herren interessieren sich für eine Schloß-Immobilie, die allerdings noch bewohnt ist. Sie denken daran, aus Rügen das Sylt des Ostens zu machen.

Ülo Salm: Mein Freund und Partner, Konsul Bauermeister, auch aus Berlin, und noch ein weiterer Partner, ein Unternehmer aus Berlin, wir machen das zu dritt. **Partner:** Ja, das Hotel soll dem gehobenen und höheren Standard gerecht werden. Wir denken an ein Schloßhotel, wie wir es in Westdeutschland und anderen Ländern vergleichbar schon haben: Ein Urlaub auf dem Schloß mit allem, was dazugehört.
Ülo Salm: Das Schloß dient seit Jahrzehnten als Heim für Behinderte, vor allen Dingen geistig Behinderte, aber auch andere, die hier sehr unzulänglich untergebracht sind, weil man ja nachvollziehen kann, daß ein Schloß für so etwas nicht geeignet ist, von der Größe und der Konstruktion der Räume her. Wir wollen sehen, daß wir hier, auch räumlich etwas weiter auseinandergezogen, ein neues Heim oder neue Behandlungsstätten errichten für die Behinderten; und wenn das geschehen ist, dann wollen wir als zweite Stufe versuchen, aus dem Schloß irgend etwas zu machen, das der Bedeutung der Insel Rügen als einem künftigen Zentrum gerecht wird, wo auch gehobene touristische Ansprüche befriedigt werden.
Heimleiterin: Das Heim ist nach 1945 oder nach dem Krieg Flüchtlingslager gewesen, also Auffanglager, und alles, was dann alt und gebrechlich war, ist hiergeblieben. Dann hat man ein Alten- und Pflegeheim gehabt. So hat sich das entwickelt. Und vor

zehn Jahren bekamen wir dann den Titel »Psychiatrisch orientiertes Pflegeheim«, und wenn ein Älterer starb, kam eben ein psychisch Geschädigter hinzu.
Ülo Salm: So ein Turmzimmer mit drei großen, schönen Fenstern gibt einen herrlichen Ausblick, das ist sicherlich sehr lukrativ, das kann man nicht anders sagen. Gut ausgestattete und schön gelegene Schloßhotels laufen eigentlich alle und arbeiten durchaus wirtschaftlich, nach unseren Recherchen. Rügen wird ja mit Sicherheit in den nächsten Jahren und Jahrzehnten sehr attraktiv werden. Was heute für die ehemalige Bundesrepublik Sylt ist, war ja früher Rügen im Ostseeraum, und diesen Stellenwert bekommt es mit Sicherheit wieder, es ist ja eines der landschaftlich schönsten Gebiete, die wir überhaupt haben.

Topklatsch mit einem Zigarrenkönig

September 1991. Constanze Salm, die als Klatschkolumnistin für eine Boulevard-Zeitung arbeitet, trifft sich mit dem Zigarren-König Davidoff auf der Galopprennbahn »Hoppegarten«.

Constanze Salm: Herr Davidoff, wann kam Ihnen die Idee, als Sponsor aufzutreten, gleich nach dem Mauerfall oder erst nach dem 3. Oktober 1990? Davidoff: Avec Deutschland, avec die Deutschen, damit eine Manifestation der Menschenrechte zustande kommt! Zum Beispiel im Hoppegarten …
Constanze Salm: Sie sind der deutschen Kunst und Kultur sehr zugetan: Könnten Sie sich vorstellen, daß Sie sich künftig länger in Berlin aufhalten oder hier vielleicht sogar mal eine Wohnung haben werden? Davidoff: Eine Wohnung?
Constanze Salm: Ja. Davidoff: Warum nicht eine Villa?
Constanze Salm: Noch besser! Davidoff: Am Wannsee, am Wannsee!
Constanze Salm: Ja, dann machen wir gleich eine Party.
Jetzt habe ich noch eine Frage als Frau: Finden Sie zigarrerauchende Frauen unvornehm, um es vorsichtig auszudrücken? Davidoff: Nein, überhaupt nicht. Constanze Salm: Ich finde das immer so etwas anstößig. Davidoff: Ich hab' noch nie eine Dame gesehen, die eine Zigarre genießt und die das nicht mit Ethik und mit Kunst tut.
Constanze Salm: Wollen Sie mich zur Zigarre verführen? Davidoff: Verführen, ja! Zigarre, non!

Frauen helfen Frauen – und alle mußten weinen

Oktober 1991. In einem Prominentenlokal treffen sich die Damen der Gesellschaft, die den Verein »Frauen helfen Frauen« gegründet haben, zum Tee. Constanze Salm ist Mitglied des Vereins.

Die Vorsitzende: So, meine Damen, ich freue mich, daß Sie hier alle heute so zahlreich erschienen sind. Wie die meisten von Ihnen ja wissen, waren einige unserer Damen in Israel. Zu diesem Thema wird gleich Frau Laternse etwas sagen. Frau Gerold hat Bilder gemacht, die werden jetzt rumgereicht, damit jeder sehen kann, wie dieser Kindergarten für autistische Kinder, den wir mit unseren Geldern wieder aufbauen konnten, jetzt aussieht. Sehr beeindruckend. Ganz groß steht da oben drangeschrieben: »Berolina Kindergarten«.

Frau Laternse: Also, mit fünf Damen fuhren wir los. Es war für uns eine sehr interessante Reise, weil wir alle noch nicht in Israel gewesen waren. Wir wurden sehr herzlich empfangen, es war traumhaft schön für uns, jeder hatte einen Riesenblumenstrauß, und am nächsten Tag wurde unser Kindergarten quasi eröffnet. Es war ein Gefühl, man kann es kaum beschreiben, wir mußten alle weinen. Ingrid hat eine tolle Rede gehalten. Die Presse war da, Fernsehen, alles mögliche, der Bürgermeister und die deutsche Botschafterin, die uns dann abends auch einlud zu sich. ... Es war eine traumhaft schöne Reise, und ich hoffe, daß wir uns, wenn wir nochmal so was haben, mit ein paar mehr Leuten beteiligen.

Eine Bären-Idee

Dezember 1991. Constanze Salm hat eine Boutique in der Nähe des Kurfürstendamms eröffnet, in der sie auch Teddybären verkauft.

Detlef Gumm/Hans-Georg Ullrich: Wie kamen Sie denn auf die Idee, solche Kleinigkeiten zu verkaufen? **Constanze Salm:** Auf die Idee? Gott, welche Frau liebt es nicht. Aber auf die Idee kam ich vor allen Dingen durchs Finanzamt. Dadurch entschloß ich mich, einen Laden aufzumachen. Weil wir eine Steuerprüfung hatten. Ich hatte die Idee, und mein Mann hat's finanziert sozusagen. So ungefähr. Diese Teddy-Spezialisierung ist nur durch die Kunden entstanden.

Irgendwo ist es sicherlich Hobby, aber letztlich habe ich die Einstellung, wenn ich was mache, was irgendwo ja auch eine Investition erfordert – und das hat ja hier wieder mal 'ne erhebliche Investition erfordert –, dann muß es sich auch mal tragen und auch mal Gewinn abwerfen. Das muß nicht gleich sein, aber das sollte irgendwann mal eintreten. Diese Ehefrau des vielbeschäftigten Anwalts, die bedingt das fast, daß man arbeitet, weil mein Mann ja, wie gesagt, nie Zeit hat und nie zu Hause ist, und ich nicht der Typ bin, der immer nur in der Sauna sitzt, auf dem Golfplatz steht oder sonst irgendwelcher Freizeitgestaltung nachgeht. Das ist mir zu langweilig.

Sonst ist ja mein Gebiet vor allem Gesellschaftsjournalismus, also sprich Klatsch. Ich bin ja dann abends meist unterwegs. Da, muß ich sagen, ist mein Mann ein arges Handicap für mich, weil die Zeitungen generell auf dem Standpunkt stehen: Wenn sie was bringt und es ist gut, selbstverständlich nehmen wir's und drucken es und bezahlen es auch, aber daß wir sie jetzt anrufen und sagen, geh doch mal bitte für uns dahin – da gibt es notleidendere Journalisten, die Salm hat's doch nicht nötig.

Es gibt aber Zeitungen und Zeitschriften, die sagen, also bitte, es ist uns lieber, wenn zu dieser Party jemand geht, wo wir sicher sein können, der ist richtig angezogen, der ist auch richtig gekämmt und geschminkt, so wie es eben dem Anlaß entspricht.
Detlef Gumm/Hans-Georg Ullrich: Kann man sich noch verbessern in Ihrer Situation?
Constanze Salm: Man kann sich immer verbessern. Selbständig bin ich bestimmt, und emanzipiert bin ich im konservativen Sinne. Also, im Grunde ist das Emanzipiertsein bei mir das Selbständigsein in jeder Form. Ich bin überhaupt nicht emanzipiert in dem Sinne, daß ich nun alle Männer beschimpfe und hier mit lila Overall und Kreppshawl rumrenne. Das ist bestimmt nicht meine Intention.
Ich bin auch im klassischen Sinne konservativ: Also, ich halte was vom Putzen und vom Kochen und von Häuslichkeit und von meinen Tieren und allem, was dazugehört. Ich habe nichts dagegen, daß mich dabei jemand entlastet, aber letztlich behalte ich da immer noch die Oberhand.

Die Bären-Idee wächst sich aus.

Frühjahr 1994. Constanze Salm läßt jetzt Teddy-Bären für sich produzieren und baut ihre Boutique entsprechend um, außerdem erteilt sie Unterricht an der Volkshochschule in der Teddy-Herstellung.

Constanze Salm: Na, ich hatte eigentlich erwogen, den Laden aufzugeben, weil ich mich mehr dem Journalismus widmen wollte und meiner Teddy-Produktion, und deswegen habe ich umstrukturiert, könnte man so sagen. Und da ich immer zwei Fliegen mit einer Klappe schlage, ist es halt keine reine Werkstatt geworden, sondern gleich ein Teddy-Laden.

»Man kann sich immer verbessern!«

April 1994. Constanze Salm über ihren Traumberuf, das deutsche Finanzamt und die DDR.

Detlef Gumm/Hans-Georg Ullrich: Gab es denn so einschneidende Erlebnisse in den letzten Jahren, die Ihr Leben grundsätzlich verändert haben? **Constanze Salm:** Ich würde sehr gerne was im Fernsehen machen, gar nicht unbedingt schreiben, sondern so was wie die Dünser einstmals gemacht hat: daß man in der Welt rumfliegt und wirklich prominente Leute und nicht nur solche Stadtprominenz interviewt und die auch sehr direkt fragen kann vor der Kamera. Daß man das Risiko eingehen kann, mal Fragen zu stellen, die eventuell auch nicht beantwortet werden, aber die zumindest dann nicht gleich bösartig abgeblockt werden, weil sich das die Leute dann auch nicht mehr so leisten können.

Detlef Gumm/Hans-Georg Ullrich: Gab es denn etwas, was Sie besonders enttäuscht oder niedergeschlagen hat? **Constanze Salm:** Ja, ich ärgere mich eigentlich, wenn überhaupt, dann über das Finanzamt – und über die Politik. Da ärgere ich mich immer kräftig. Auch darüber, was so der Mauerfall gebracht hat, der ja grundsätzlich zu befürworten und gut ist. Mich stört besonders die Haltung der Leute aus der ehemaligen DDR, diese fordernde Haltung, die wir ja mitbezahlen und zwar sehr teuer bezahlen. Aber das reicht immer noch nicht. Und das stört mich kolossal. Also alles, was vom Westen schön ist, wird natürlich gerne mitgenommen, aber alles, was eigenverantwortlich getan werden muß, teuer ist und eben Umstände macht, das wird nur kritisiert. Aber die Hand wird immer noch aufgehalten, das ist selbstverständlich.

Detlef Gumm/Hans-Georg Ullrich: Wie sieht es denn im familiären Bereich aus, Sie haben einen Mann, der Tag und Nacht arbeitet, ist das denn harmonisch? **Constanze Salm:** Ja, man kann natürlich immer etwas verbessern, aber man muß ja auch sehen, über all die Jahre war es ja immer so. Und man arrangiert sich ja irgendwann, jedenfalls mit so einer Situation, wenn man nicht ewig vergnatzt und unglücklich sein will. Und in dem Moment, wo man sich arrangiert, schafft sich, jedenfalls ein Typ wie ich, dann eben auch Ersatz. Also, ich bin ja auch engagiert, ich habe auch viel zu tun, und durch die Spielwarenmessen, die für mich auch neu dazugekommen sind, ist meine Zeit auch sehr viel knapper geworden. Und wenn mein Mann jetzt plötzlich um 17 Uhr nach Hause käme: Um Gottes willen, kann ich nur sagen, ich hätte gar keine Zeit.

»Mitte ist Mitte«

Frühjahr 1994. Ülo Salm hat seine Anwaltskanzlei am Bundesplatz aufgegeben. Er zieht nach Berlin-Mitte, in die Französische Straße. Um die Ecke liegen der Boulevard »Unter den Linden«, das Brandenburger Tor, und bald werden hier die Verwaltungsgebäude des Deutschen Bundestages und die Botschaften am Pariser Platz stehen.

Ülo Salm: Man kann von Jahr zu Jahr beobachten, daß die Unterschiede zwischen West und Ost immer geringer werden. Mitunter geht es mir sogar so, daß ich denke, na, das ist doch bestimmt ein Wessi, und nachher stellt sich raus, es ist ein Ossi. Das passiert immer häufiger, und das finde ich sehr positiv. Auch umgekehrt.

Man wird aber nicht durch eine neue Adresse erfolgreich, sondern durch die Arbeit, die man macht. Prominenz ist dabei sicherlich nicht wichtig, sie schadet ja mitunter

»Berlin-Mitte ist, wenn man Mandantschaft aus allen möglichen Bereichen hat, einfach ein sehr guter Standpunkt. Mitte ist Mitte, so lächerlich oder so albern wie sich das anhört.«

mehr als sie nützt. Ich meine das jetzt ganz ernst, weil ich es oft erlebt habe, daß die Leute eine gewisse Scheu davor haben, zu einem zu kommen, weil sie denken, man sei, da ein bißchen bekannter, wenn auch nur in sehr eingeschränktem Maße, besonders teuer, was natürlich völliger Unsinn ist. Also, ich lege, sagen wir mal, auf einen gewissen Bekanntheitsgrad gar nicht sonderlichen Wert.

Wir haben hier in Mitte oder überhaupt im Ostteil der Stadt eine erfreuliche Entwicklung, jedenfalls für den Konsumenten, zu denen ich auch gehöre: Die Mieten gehen herunter. Ich hatte ja in den Jahren 1991/92 erhebliche Sorge, ob ich langfristig immer noch, wenn's not tut, das Büro finden würde, das ich mir wünsche. Aber wir haben inzwischen, glaube ich, 40 Prozent Büroleerstand in Berlin, und es vollzieht sich in Berlin das, was in allen großen Metropolen der Welt geschehen ist: keine Wohnungen, aber zu viele Büros. Und es wird auch immer Büros in Mitte geben, in den sogenannten Toplagen, das ist auch so 'n abgedroschenes Wort – ich hab' da überhaupt keine Bedenken und sehe da keine Probleme.

Kleine Eloge auf das Automobil

Juni 1994. Constanze Salm prescht mit dem Filmemacher Detlef Gumm in ihrem Sportwagen über die Autobahn.

Constanze Salm: Ach, so ein flottes Auto ist schon was Schönes. Da bin ich noch nicht alt genug, daß ich immer nur mit 'nem ruhigen Auto rumfahre.

Die Geschwindigkeit ist was Tolles, und wenn man dann auch noch diese Ehrgeizlinge mit ihren Mittelklasse- oder vielleicht auch wirklich schnellen Wagen erlebt, die dann meinen, ach Gott, sie sind jetzt die Allerschnellsten, und 'ne Frau am Steuer, die kann ja sowieso nicht fahren – wenn man die dann so stehenlassen kann und nur noch im Rückspiegel sieht: wo sind sie denn überhaupt?!, das macht einfach Spaß.

Detlef Gumm: Jetzt geht er aber ab! **Constanze Salm:** 300! Man merkt es aber nicht. Ja, das Design! Ich finde schon, ein schnelles Auto sollte auch so aussehen. Der Vorteil eines Autos, das ein bißchen aggressiver aussieht, ist einfach der, daß man nicht ewig mit der Geschwindigkeit runtergehen muß, weil irgendein verhuschter Mercedes glaubt, er ist nun genauso schnell oder schneller gar, und dann die linke Spur blockiert und erst rübergeht, wenn man wirklich mit Lichthupe und was weiß ich …

Detlef Gumm: Ich kenne nicht allzu viele Frauen, die sich diesen Spaß leisten können. Constanze Salm: Kaum, das liegt zum Teil auch an den Männern mit, weil die Männer ja fast grundsätzlich die Einstellung haben, auch die, die sich das leisten können: Ich fahre den großen attraktiven Wagen und meine Frau den kleinen Stadtpfiffi. Mein Mann hat glücklicherweise diese Einstellung nicht.
Er hat mich ja auch auf das schnelle Fahren trainiert. Ich habe auf einem VW-Käfer Führerschein gemacht, und kaum hatte ich ihn, hat er mich gleich auf den 12-Zylinder-Jaguar gesetzt zu meinem Schrecken, mit dem Kommentar: Jetzt, sonst lernst du es nie!
Aber wenn die uns weiter so besteuern und der Osten weiter so doll finanziert wird und es ja immer auf die Bestverdienenden abgewälzt werden soll, wie man so allgemeinhin hört, dann sind sie irgendwann nicht mehr die Bestverdienenden.

»Am liebsten verteidige ich Mörder.«

September 1994. Ülo Salm ist einer der Verteidiger im »Mykonos«-Prozeß, der über Jahre hinweg international Aufsehen erregt. Zwei Männer hatten im September 1992 im Berliner Lokal »Mykonos« den Generalsekretär der »Demokratischen Kurdischen Partei« im Iran, Sadegh Sharafkandi, zwei weitere Parteifunktionäre und einen Dolmetscher ermordet. Im Jahr darauf wurde von der Bundesanwaltschaft Anklage erhoben und zugleich der iranische Geheimdienst und damit auch die Regierung in Teheran beschuldigt, hinter dem Anschlag zu stecken.

Detlef Gumm/Hans-Georg Ullrich: Was machen Sie denn lieber, solche Strafsachen oder Notariat? Ülo Salm: Es kommt darauf an, unter welchem Aspekt. Also, ich mache ja überwiegend letzteres, aber Strafsachen mache ich hin und wieder ganz gerne. Ungerne mache ich Sachen, die sich so ewig hinziehen. Und dieser Prozeß ist ja nun einer, der dauert über Monate und Monate.
Es gibt schon sehr interessante Strafsachen und, das hört sich jetzt etwas albern an und ein bißchen nach Klein Mäxchen, aber am liebsten verteidige ich Mörder. Ja, das sagt man so, und da muß man lachen, weil es wirklich nicht ganz ernst gemeint ist, aber solche Prozesse können unter Umständen sehr interessant, aber auch ganz langweilig sein. Also, jeder Fall liegt anders, es gibt auch Bagatellfälle, die interessant sind. Interessant ist ein Fall dann, wenn man als Verteidiger etwas machen kann. Wenn die

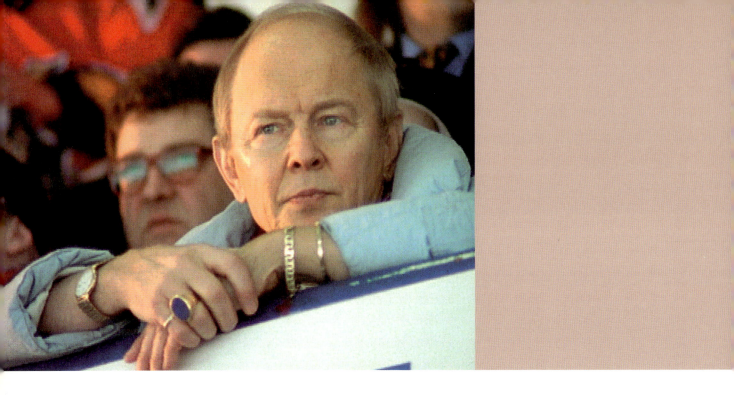

Sachlage unklar ist, wenn man vielleicht neue Erkenntnisse bringen kann, dem Prozeß eine Wende geben kann, was natürlich in neunzig Prozent der Fälle nicht gegeben ist. Da wollen wir uns gar nichts vormachen.

Nachdenkliches zum Jahreswechsel
Winter 1994/95. In der neuen Kanzlei von Ülo Salm.

Detlef Gumm/Hans-Georg Ullrich: Was war für Sie, würden Sie sagen, in den acht Jahren das einschneidendste politische Ereignis? **Ülo Salm:** Na, das ist sicherlich eine Frage, die sehr viele gleich beantworten: Das bedeutendste politische Ereignis war der Zusammenbruch des kommunistischen Weltsystems, der Sowjetunion und natürlich vorrangig der DDR und die Wiedervereinigung Deutschlands. Das ist gar keine Frage.
Detlef Gumm/Hans-Georg Ullrich: Haben Sie dadurch Vorteile oder Nachteile? **Ülo Salm:** Vorteile.
Detlef Gumm/Hans-Georg Ullrich: Inwiefern? **Ülo Salm:** Vorteile privat, man lebt nicht mehr auf einer Insel, das sagt sicherlich jeder Berliner oder Westberliner. Es ist schon eine wunderbare Sache, nicht mehr auf einer Insel zu leben, und es ist immer wieder, auch heute noch, für mich bewegend und faszinierend, in den ostdeutschen Ländern herumzufahren in dem Bewußtsein, es ist nicht mehr Sperrgebiet im weitesten Sinne.
Detlef Gumm/Hans-Georg Ullrich: Was beunruhigt Sie im Moment, oder was macht Ihnen Sorge, auch im Hinblick auf die kommenden Jahre? **Ülo Salm:** Ich habe keine Sorge in bezug auf die Entwicklung Deutschlands, jedenfalls nicht mittelfristig. Ich glaube, daß die Probleme, die wir durch die Wiedervereinigung haben, Geburtswehen sind, die noch viele Jahre anhalten werden, aber daß sie eines Tages überwunden sein werden. Ich denke auch, daß die Entwicklung in Europa insgesamt in den nächsten Jahren positiv sein wird, trotz aller Schwierigkeiten. Was einem Sorge bereiten muß, ist die Weltentwicklung, die Entwicklung in Osteuropa, die irgendwann natürlich sich auch auf uns auswirken wird in negativer Art und Weise. Aber so, was die unmittelbare Zukunft angeht, hier in Deutschland, sehe ich sie positiv. Ganz langfristig wird sie vielleicht nicht so günstig sein, wir werden wohl Probleme bekommen, die sich auf alle auswirken werden. Wir werden mit ständig zunehmender Arbeitslosigkeit leben

müssen, das ist ein Problem aller Gesellschaften der hochentwickelten Länder oder der hochzivilisierten, technisierten Länder, aber es wird auch das Problem der Entwicklungsländer sein oder der Länder, die so im Bereich dazwischen anzusiedeln sind. Wenn ich bedenke, daß jetzt die Japaner einen Roboter entwickelt haben, der ein Haus alleine bauen kann, und daß, das weiß ja nun jeder, ein Auto heute von zwei, drei Mann gebaut wird ... Ich bringe ja immer da ganz gern ein Beispiel: Wenn früher ein Schiff mit Zement in Afrika landete, dann fanden zweihundert, dreihundert Leute Arbeit damit, indem jeder dann mit hinmarschierte und den Zement sackweise rausschleppte aus dem Bauch des Schiffes und stapelte am Pier. Wir liefern einen Kran, der Kran macht die Arbeit, die zweihundert, dreihundert Leute sind arbeitslos. Das ist vielleicht ein etwas läppisches Beispiel, aber es zeigt sehr deutlich, daß wir in der gesamten Welt ganz riesige Probleme bekommen werden, und wir werden das alle irgendwie bezahlen müssen. Das sind schon langfristig große Sorgen, die man für die Entwicklung der Menschheit und der Welt haben muß. Aber ich spreche ja nun vom Bereich heute.

Detlef Gumm/Hans-Georg Ullrich: In einer Familie oder in einer Zweisamkeit, wenn man heute noch mal leben würde, würden Sie ein ähnliches Leben wieder führen, würden Sie Ihr Leben noch mal ganz anders gestalten, privat, beruflich, oder würden Sie sagen, Sie haben alles richtig gemacht? **Ülo Salm:** Es ist gar keine Frage, daß man sicherlich im Leben nicht alles richtig macht, und auch ich habe im Leben nicht alles richtig gemacht. Wenn ich noch mal die Chance hätte, mein Leben nachzuvollziehen, würde ich sicherlich versuchen, einige Fehler zu vermeiden, aber ich kann nicht sagen, daß ich es im großen und ganzen anders gestalten würde, weil ich nicht weiß, ob es besser wäre. Wahrscheinlich nicht. Man würde andere Fehler machen, vielleicht sogar größere, und wenn es einem einigermaßen gut geht, dann sollte man mit seinem Leben, wie es bisher war und jetzt läuft, zufrieden sein.

Erfolg im Beruf …

Anfang 1996. Constanze Salm hat ihr Geschäft erweitert und vertreibt ihre Bären seit einiger Zeit auf einer Spielwarenmesse.

Constanze Salm: Ich mach' die Messen gerne, ausgesprochen gerne, es ist so eine besondere Atmosphäre!

Ich bin in diese Bärenbranche reingeraten wie die Jungfrau zum Kinde, und ich merke einfach, daß es zwar nicht sprunghaft, aber stetig vorangeht. Das macht mir natürlich Spaß. Auch merke ich, daß ich besser und kreativer werde und an mich auf einmal Angebote herangetragen werden, die ich früher nicht gehabt habe. Das macht mir natürlich Mut, es bestätigt mich, und es fordert mich auch heraus. Man darf ja nicht vergessen, daß eine Firmengründung, welcher Art auch immer, auch Kosten und Startkapital beinhaltet, und insofern war ich nicht unabhängig, denn das hat mein Mann ermöglicht – letztendlich.

Ich denke, daß es eine Branche ist, die ich lange machen werde, weil ich auch viel investiert habe. Das heißt aber nicht, daß ich sie für immer machen werde, das kann ich nicht unterschreiben. Wenn mich was langweilt, wenn es nicht mehr das bringt, was ich mir vorstelle, dann wird's halt verkauft. Ich verschenke es ja nicht.

Detlef Gumm/Hans-Georg Ullrich: Was haben Sie denn bislang so gemacht? **Constanze Salm:** Viel!

Detlef Gumm/Hans-Georg Ullrich: Sagen Sie doch mal! **Constanze Salm:** Also: Ich habe klassisches Ballett gemacht – ich habe ein Antiquitätengeschäft gehabt – ich habe ein Kurzwaren-Geschäft gehabt – ich habe eine Herrenstriptease-Bar betrieben.

Detlef Gumm/Hans-Georg Ullrich: Wo war das denn? **Constanze Salm:** In der Dahlmannstraße in Berlin. »Opernstar tanzt nackt im Nachtclub« war die Schlagzeile in der »Bild«.

Detlef Gumm/Hans-Georg Ullrich: Und was machen Sie als nächstes? **Constanze Salm:** Als nächstes? Sie können mit mir nach New York fliegen, zum Beispiel!

Detlef Gumm/Hans-Georg Ullrich: Warum? **Constanze Salm:** Ja, ich bin jetzt auf der Frankfurter Messe überredet worden, an der New Yorker Gift Fair teilzunehmen, im August, weil Teddys natürlich für die Amerikaner interessant sind. Es steht Ihnen frei!

Im gleichen Jahr lassen sich Ülo und Constanze Salm scheiden. Sie betrachten diesen Schritt als eine rein private Angelegenheit, lassen aber keinen Zweifel daran aufkommen, daß sie die Trennung in gegenseitigem Respekt vollzogen haben.

Gemischte Gefühle

Frühjahr 1997. Ülo Salm steht wieder einmal im Scheinwerferlicht der Medien.

TV-Sprecher: Wie bestraft man Terroristen, so fragte heute der Staatsanwalt, die ohne Skrupel eine Bombe legen und damit den Tod von Menschen billigend in Kauf nehmen, und wie bestraft man Terroristen, die dazu noch bereit sind, Menschen zu töten, die sie vorher kannten, mit denen sie möglicherweise sogar befreundet waren? ... Wegen der Handlangerrolle ihrer Mandanten forderten beide Verteidiger, wie hier Rechtsanwalt Salm, eine mildere Bestrafung. ...

Im April 1997 ist Urteilsverkündung im Mykonos-Prozeß.

Ülo Salm: Endlich zu Ende, nach dreieinhalb Jahren!
Detlef Gumm/Hans-Georg Ullrich: Das hat ja lange gedauert. **Ülo Salm:** Dreieinhalb Jahre – 247 Tage! Also Verhandlungstage. Das war ja nach dem Schmücker-Prozeß der größte Prozeß in der deutschen Justizgeschichte, denke ich. Nun ist er für diese Instanz erst mal ausgestanden, und nun kommt sicherlich bei manchen die Revision.
Detlef Gumm/Hans-Georg Ullrich: Und sind Sie mit dem Urteil zufrieden? **Ülo Salm:** Da meiner verurteilt worden ist, darf ich gar nicht zufrieden sein! Aber ich bin natürlich froh, daß diese Instanz ausgestanden ist, also heilfroh! Das war schon ein Alptraum. Also, lange Prozesse sind immer ein großer Alptraum, und sie behindern einen natürlich auch in der übrigen Arbeit.

Leipziger Allerlei

April 1997. Constanze Salm besucht mit den Filmemachern ihre Heimatstadt Leipzig.

Constanze Salm: Ich war ja ewig, ewig nicht hier. – Ich bin erstaunt, daß die Tür noch dieselbe ist und die Scheiben noch dieselben sind. Es hat sich eigentlich an dem Haus nicht viel verändert. Fast gar nichts, außer daß es vielleicht mal gestrichen wurde.
Ich bin hier geboren, und wir haben hier gewohnt, bis ich so zehn Jahre war.
Mein Freund Andreas, mein Kinderfreund, der kam aus einer vermögenden Familie, also auch Großindustrielle, mit 'nem Butler, und das hat mich immer sehr fasziniert, daß die einen hatten und daß der uns dann bedient hat. 'ne Köchin hatten sie, glaub' ich, auch.
Detlef Gumm/Hans-Georg Ullrich: Warum wollten Sie unbedingt weg aus Leipzig?
Constanze Salm: Weil der Sozialismus einfach meinen Berufsweg verbaut hat. Da ich ja kein Arbeiter- und Bauernkind bin, durfte ich weder das studieren, was ich wollte, noch eben meinen Weg so gehen, wie ich wollte. Meine Eltern sind ja nie in der Partei gewesen.
Also, mein größter Wunsch wäre gewesen, Medizin zu studieren, und das hätte ich rein zensurenmäßig auch gut machen können, aber, wie gesagt, meine soziale Herkunft stimmte nicht mit den Vorstellungen des Staates überein. Meine Freundin aus meiner Abiturzeit, die den gleichen Notendurchschnitt hatte, aber eben ein Arbeiter- und Bauernkind war, die durfte Medizin studieren und ich nicht.
Und dann hätte ich sehr gerne als Ausweg Regie studiert, was ganz anderes eigentlich, habe mich auch da beworben, aber da war es dasselbe. Also ich kriegte regelrecht 'ne Ablehnung mit der Begründung, und da hab' ich gesagt: Nun reicht's!

Nachtrag zum Lebenslauf von Constanze Salm

Constanze Salm: Ich zählte in der DDR zu den »Intelligenzlerkindern«. Meine Großeltern mütterlicherseits hatten die größte Edelpelzzurichterei in Leipzig. Mein Vater war ein Kunstmaler, der später in der DDR ein erfolgreicher Werbegraphiker wurde, obwohl er in keine Partei eintrat. Man konnte ja in der DDR immer da etwas werden, wo der Staat die Sache nicht in den Griff bekam. Und von der Muse allein konnten meine Eltern ja nicht leben. In der wohlhabenden Familie meiner Mutter war mein Vater allerdings nicht erwünscht. Als die beiden heirateten, finanzierten die Eltern meiner Mutter ihnen noch das Haus in Leipzig, dazu ein Auto, und dann schickten sie sie in die Wüste.

Sie können sich kaum vorstellen, wie schwer das für mich als Kind war. Alles, was mit der DDR zusammenhing, war bei uns verpönt. Wir lebten zu Hause auf einer gutbürgerlichen Insel und haben immer nur West-Fernsehen gesehen. Ich war ein typisches Einzelkind und wollte dann nicht auch noch gesellschaftlich ein Außenseiter sein. Ich habe meine Eltern angefleht, wenigstens zu den Jungen Pionieren gehen zu dürfen. Nur mit Kampf gelang es mir, dann doch zu den Pionieren und in die FDJ zu kommen. Eine besondere Funktion habe ich dort natürlich nie wahrgenommen. Meine Eltern sagten immer: Dieser Staat, das ist die gleiche Firma wie der Staat, den wir davor erlebt haben.

Disziplin habe ich bereits mit fünf Jahren beim Ballett gelernt, die Benimm-Regeln in der Tanzschule. Meinen späteren Beruf, Industriekaufmann, oder, wie man heute sagt, Industriekauffrau, habe ich mir in der DDR natürlich nicht aus freien Stücken ausgesucht.

Über Ungarn, erzählt Constanze Salm, habe sie Anfang der 70er Jahre einen Fluchtversuch unternommen, sei aber geschnappt worden. Dann habe Ülo Salm, der ähnlich wie der DDR-Anwalt Vogel im »Menschenhandel« gearbeitet habe, sie als »Routinefall« auf den Tisch bekommen und wie andere DDR-Häftlinge freigekauft. In einem Auffanglager in Gießen habe sie ihm zum ersten Mal gegenübergestanden. »Ich habe nur gedacht: Ein guter Typ.« Zunächst aber sei sie nach Bayern gegangen, zu Bekannten, und dort habe sie dann Innenarchitektur studiert.

Irgendwann habe sie dann Ülo Salm in Berlin aufgesucht, um sich in einer Rechtsfrage beraten zu lassen …

Daß er sie freigekauft hatte, wird sie ihm nie vergessen. Obwohl sie seit 1996 geschieden sind, hält Constanze Salm weiterhin Kontakt zu ihm, und sie hält große Stücke auf seine Art, das Leben zu meistern. »Die Welt kann untergehen, mein Mann«, sagt sie, »steht immer noch.«

Ülo Salm nach Abschluß der Dreharbeiten 1998/99

Was die Leute, sei es nun durch das Buch oder durch den Film, alles über mich wissen, ist mir völlig egal. Es beeinflußt mein Leben nicht. Ich habe nichts zu verbergen. Vielleicht fahre ich mit dieser Haltung das Kontrastprogramm zu meinem Vater, bei dem alles geheim sein mußte. / In meinem Beruf muß ich nach außen hin das Gesicht wahren. Auch materiellen Wohlstand zeigen. Und immer die Contenance wahren! Das macht sich bezahlt. Außerdem kann man nur so emotional aufgeladene Leute zu einem vernünftigen Handeln bewegen. / Ich bin ein eher emotionaler Mensch – und sehr harmoniebedürftig. Das letztere ist gut für den Beruf. / Ich habe in dem Dokumentarfilm nicht geschauspielert, keine Rolle gespielt. Ich habe mich so wie in meinem Beruf verhalten. Aber das ist letzten Endes nicht die Normalität. / Ich bin gerne mit Frauen zusammen. Männer würde ich nur im Notfall in meiner Kanzlei einstellen. Meine Vorstellung von der idealen Frau ist konservativ: Eine Frau muß ein verehrungswürdiges Wesen sein. Ich hasse es, wenn sich Frauen ordinär ausdrücken. Sie hat eine Dame zu sein. Bei Männern ist mir das egal. Ich bin durchaus dafür, daß eine Frau emanzipiert ist, Bildung hat, beruflich unabhängig ist – aber sie kann dennoch weiblich sein! Ich hasse Berufsemanzen. / Einen Großteil der Filme habe ich nicht gesehen. Beruflich sind solche Filme wohl eher schädlich. Sie machen zwar den Namen noch bekannter. Aber ich bin ja nicht der Prinz von Anhalt, der dazu eine verrückte Position einnimmt: »Hauptsache ich stehe in der Zeitung«, sagt er, »ob positiv oder negativ, das haben die Leute doch schnell vergessen. Der Name wird bekannt, egal warum.« Für mich hat die Sache eine zweite Seite: Die Filme und die bekannteren Prozesse machen zwar meinen Namen bekannter, doch viele Leute glauben dann, das ist ein Prominenten-Anwalt, zu dem brauchen wir nicht zu gehen, der ist viel zu teuer. / Ich war mal in der FDP, dann in der SPD, wegen der Ost-Politik, die ich gut fand. Heute bin ich in keinem Verein mehr, nicht mal mehr im Doggen-Club. / Die Menschheit wird sich selbst umbringen. Aber zuvor wird sie noch diesen Planeten vernichten.

Constanze Salm nach Abschluß des Films 1998/99

Ich bin so westlich, wie es kein Westler ist. / Tiere sind die einzigen Kreaturen, die wirklich von uns abhängig sind. Ich werde nie für Kinder spenden, aber für Tiere! / Ich werde immer anders sein als andere, auch im Alter. / Ich habe schon mit 25 Jahren über den Tod nachgedacht. Für mein Alter wünsche ich mir, gesund zu bleiben und nicht einsam zu sein. / Was ich an der DDR geschätzt habe, trotz aller politischen Repressalien, ist die Art der Ausbildung. Das einzige, was in der Schule mangelhaft war, war der Geschichtsunterricht. / Zu viel Demokratie ist für den Menschen einfach zuviel. / Für mich ist Form eine Kombination aus persönlichem Stil, der sich definiert in Kleidung, Auftreten und Benehmen, gepaart mit Intelligenz und Herzenswärme. / Ich liebe Luxusautos und schnelle, schöne Sportwagen. Wenn ich könnte, würde ich am liebsten Formel I fahren. Unter schnell verstehe ich Spitze 240, mindestens, Beschleunigung in 7 Sekunden. Dazu schöne Musik – das ergibt so eine Art Ekstase, soweit ich dazu fähig bin. / Der Altersunterschied zu meinem Mann war nie ein Problem: Die unterschiedlichen Systeme haben den Altersunterschied aufgehoben. Da sieht man mal, wie weit der Osten zurück war. / Ich liebe schwierige Männer, die scheinbar Unerreichbaren, die Erfolgreichen und die mit einem gewissen Erscheinungsbild und mit Charme und Witz. / Mein ehemaliger Mann und ich, wir übertreffen uns in der Kenntnis des Knigge: Ich könnte den Knigge redigiert haben.

Kapitel 2
Per Anhalter durch die Galaxis
Douglas Adams

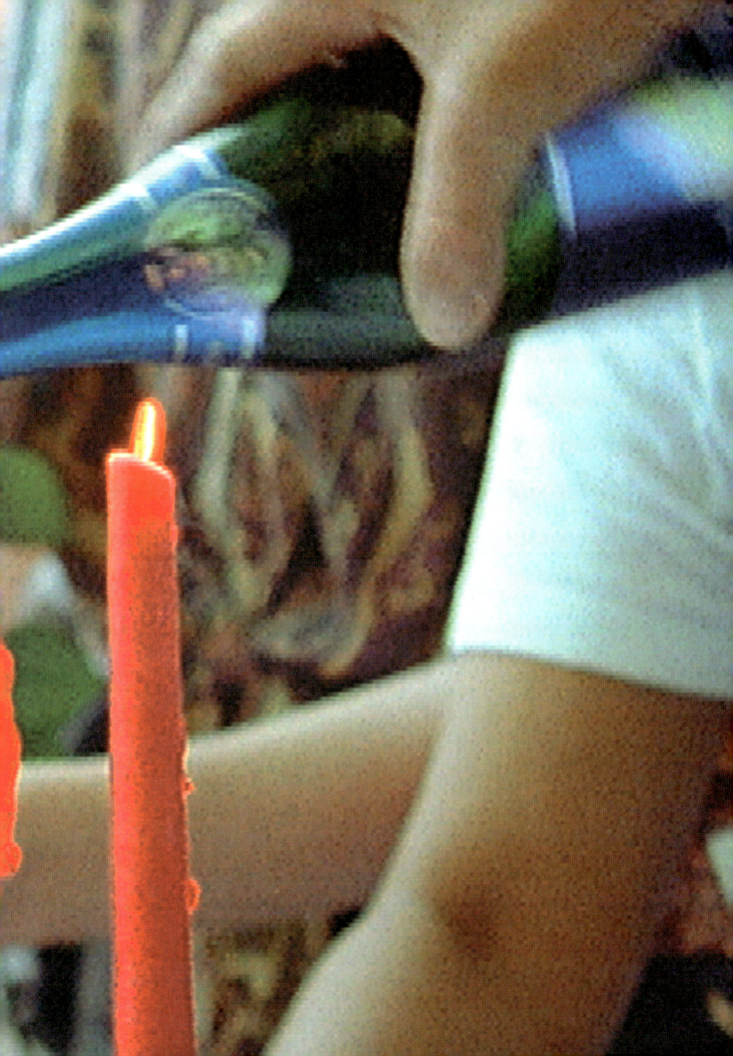

»Möglichst streßfrei – nie erreicht – und besser spät als nie«
Thomas Rehbein

Thomas Rehbein, geboren 1967, ist ein Einzelkind. Der Vater arbeitete als Zugabfertiger bei der Berliner U-Bahn, die Mutter ist Hausfrau. Thomas Rehbein besuchte in Berlin-Wilmersdorf die Grundschule und wechselte dann auf ein Gymnasium, von dem er später »zwangsläufig entfernt« wurde, weil er den geforderten Notendurchschnitt nicht erreichte. »Die Sachen flogen mir nur so zu, das Wissen selbst zu erarbeiten, das lag mir nicht«, sagt er, »mangelnde Selbstdisziplin.«

Aus diesem Lebensabschnitt ist ihm eines besonders in Erinnerung geblieben: »Ich wurde fast über die ganzen Grundschuljahre hinweg auf dem Schulweg immer wieder verhauen. Ich habe mich auch nie gewehrt, weil ich Angst hatte, jemandem weh zu tun, wenn ich mich wehren würde. Das änderte sich erst auf dem Schulhof des Gymnasiums, als ich einem, ohne nachzudenken, eine Ohrfeige gegeben habe. Der hat sich gefreut, daß ich mich endlich gewehrt habe. Das war quasi meine befreiende Ohrfeige.«

16 Jahre alt, verspürt Thomas Rehbein »akute Unlustgefühle, sich ins Arbeitsleben zu stürzen«. Er erhält einen Platz an einer Fachschule für Wirtschaft und Verwaltung. »Da bin ich einmal hängengeblieben. Ich hätte es auch ein zweites Mal probiert, wenn man mich gelassen hätte. Also war ich mit 18 wieder da, wo ich schon mit 16 stand.« Gescheitert sei er am Auswendiglernen.

Zur Bundeswehr ging er nicht. Einerseits mußte er das damals ja nicht, da Berlin durch die Präsenz der Alliierten einen Sonderstatus hatte, andererseits hätte er es auch gar nicht gewollt. »In der Tradition der Familie liegt es, sich vom Militärdienst fernzuhalten.« Sein Vater zum Beispiel habe 1959/60, als man ihn zur Nationalen Volksarmee holen wollte, die DDR verlassen, immer ein Plakat vor Augen, auf dem der Anti-Kriegs-Appell stand »Daß niemals mehr eine Mutter um ihr Kind weinen muß«, oder so ähnlich. Und er, Thomas, sei ohnehin fürs Militär ein zu eigener Mensch.

»Zurückbleiben bitte!«

»Dadurch trennt man sich doch nicht!«

Weihnachten 1987. Mutter Rehbein schneidet ihrem Sohn die Haare. Für sie gehören die Festtage mit ihrem Sohn zu den schönsten Zeiten im Jahr. Sie ist natürlich auch sonst gerne für ihn da. Nur ab und an macht sie sich doch so ihre Gedanken, was aus dem Zwanzigjährigen ohne die Eltern einmal werden soll.

Thomas Rehbein: Sie macht jeden Morgen mein Frühstück, weckt mich, so ist das angenehm. Ich mag Wecker überhaupt nicht. Wenn man dagegen von der Mutter geweckt wird, ist das doch 'ne ganz andere Sache, ist irgendwie persönlicher.
Ich gedenke, meine Eltern mal rauszuschmeißen, mal was andres zu machen als alle anderen Leute. Den Spieß umzudrehn: für die Eltern eine neue Wohnung zu suchen, und selber hierzubleiben.
Die Mutter: Richtet sich ja vielleicht auch 'n bißchen danach, wann sich die Eltern rausschmeißen lassen und ob überhaupt.
Wenn er mal sein eigenes Geld verdient und in der Lage ist, auf eignen Füßen zu stehen, wäre ich schon dafür, daß er sich dann auch selbständig macht. Und dann soll er lieber zu Besuch kommen. Dadurch trennt man sich doch nicht! Man trennt sich doch nur räumlich.
Thomas Rehbein: Im Prinzip ist sie auch mein wandelnder Terminkalender. Die Termine, die ich mir selber nicht merken kann, hat sie im Kopf. Sie erinnert sich dann rechtzeitig, so daß ich Veranstaltungen oder Verabredungen nicht versäume.

Mutter Rehbein packt die Weihnachtskugeln aus, ihr wird ganz anders ums Herz.

Die Mutter: Bis jetzt war's immer so, daß der Thomas mit seinem Kinderchor in der Kirche gesungen hat. Da sind wir dann alle hinmarschiert. Wenn wir danach nach Hause kamen, hab' ich die Kerzen angezündet, und dann durften alle reinkommen. Dann haben wir ein Gläschen Sekt getrunken, Thomas 'n Saft, und haben uns »fröhliche Weihnachten« gewünscht. Dann wurde beschert.
Der Thomas hat mal, als er ganz klein war, so acht Jahre alt, da mit seiner Freundin, mit seiner ersten, eine Krippe gebastelt. Ist die nicht toll!

Thomas Rehbein: Ich hatte zwei Puppen, eine mit Haaren und eine ohne. Dann war die Puppe mit Haaren verschwunden. »Wo ist die denn?« »Ach, weiß ich doch nicht, wo du die wieder verbuddelt hast«, hat meine Mutter gesagt. Und zu Weihnachten saß sie dann plötzlich unterm Weihnachtsbaum und hatte eine neue Frisur. Das war schön.

Der Vater: Wenn der seine Lehre beendet hat, dann ist es sowieso meine Absicht, daß ick ihn langsam so rausdrücke hier, aus unserm Verein.
Helga hat immer so 'n bißchen Angst, daß er nich so auf eignen Füßen stehen kann, aber ick denke, das ist einfach richtiger. Der muß vor vollendete Tatsachen gestellt werden, und dann ist er erwachsen, muß er weg. Ich kann so was nicht leiden: Es gibt ja Familien, da sind die Söhne dreißig, fünfunddreißig und immer noch bei Muttern. Ick finde, das sind keene vollwertigen Menschen.

Die Mutter: Am meisten Sorgen macht mir natürlich mein Sohn. Daß er die Lehre schafft und mal wirklich mit beiden Beinen im Leben stehen wird. Er ist manchmal so 'n bißchen so 'n kleiner Traumtänzer.
Aber er muß ja irgendwo auch mal seine Brötchen verdienen. Das macht mir manchmal 'n bißchen Sorgen. Vielleicht unbegründet, weiß ich nicht, muß man abwarten.

Lehrzeit

Von 1986 bis 1989 unternimmt Thomas Rehbein den Versuch, sich für den Beruf des Siebdruckers ausbilden zu lassen. Doch der Betrieb, meint er, sei der falsche, kümmere sich nicht um seine Ausbildung. Außerdem mißfalle dem Chef sein Äußeres, etwa sein Vollbart. Und er sei nun mal kein Mensch, der klein beigebe. Eher schon einer, der sich nur Steine in den Weg legt. Am Ende besteht Thomas Rehbein zwar die theoretische Prüfung, im praktischen Teil aber fällt er durch.
»Ich habe in diesem Betrieb nichts gelernt, nur produziert. Ich durfte alte Reklameschilder aus Blech nachdrucken, im Prinzip nur dicke rote Rahmen und große schwarze Schrift.«
Juni 1989: Durchgefallen mit »Praktisch: 5«

Thomas Rehbein: Aber Theoretisch »Zwei«!
Morgen werde ich mich hinsetzen und einen Brief nach Flensburg schreiben und darauf hoffen, daß ich dann dort weiterlernen kann. Dann ist der Streßfaktor mit dem Betrieb weg. Da drüben sollen auch die Prüfungsbedingungen etwas günstiger sein.
Die Mutter: Komm her. Also, war nix. Macht nix.
In jedem Fall haste ein großes Geschenk: 'ne transportable Höhle, in die du dich verkriechen kannst, wenn du es draußen nicht mehr ertragen kannst.

Thomas allein zu Haus
Juli 1989. Die Eltern sind verreist.

Thomas Rehbein: Wenn meine Eltern nicht da sind, dann schlafe ich zuerst einmal aus. Dadurch, daß ich krank geschrieben bin, kann ich mir das erlauben, so bis elf, halb zwölf. Das liegt daran, daß ich meistens abends noch eine ganze Menge mache: Freunde treffe, Besuch habe. Dann sitzen wir hier so bis abends um halb eins, eins, trinken gemütlich was, und erzählen uns die neusten Geschichten. Na ja. Man beschäftigt sich halt so ein bißchen, versucht, die Zeit totzuschlagen, und wartet auf die Schottlandreise. Ich möchte gerne raus, die Welt kennenlernen. Ich denke, wenn ich das jetzt nicht mache und warte, bis ich Rentner bin, dann hab' ich nichts davon, dann kann ich mir das vielleicht leisten, aber ich bin halt körperlich vielleicht nicht mehr so fit, ne?
Meine Eltern werden mich so lange unterstützen, wie ich Unterstützung brauchen werde.
Ich hab' hier noch so einen Zettel gekriegt, den meine Mutter geschrieben hat. Stehen wieder all die Sachen drauf, die sowieso schon 25mal abgesprochen waren, wie: Alle drei Tage bei Oma die Post aus dem Kasten nehmen, Blumen nur gießen, wenn trocken, Selter hinstellen, Friedhof bei Hitze alle drei Tage, sonst, wenn es oft regnet, nicht, Blumen zu Hause gießen, und – na ja.
… Irgend jemand hat das mal ganz treffend ausgedrückt: »Wir Männer haben immer nur Probleme: Ohne Frauen können wir nicht leben und mit ihnen auch nicht.«
Heiraten will ich, na, vielleicht so, wenn ich gegen die Dreißig gehe, vorher sicherlich nicht. Heiraten ist so eine Sache: Früher war das sicherlich mal recht lustig, eine recht

angebrachte Angelegenheit, als die Leute noch nicht so alt geworden sind, aber wenn ich mir überlege, ich bin jetzt zweiundzwanzig, die Lebenserwartung liegt ungefähr bei siebzig, wenn ich jetzt heiraten würde, würd' ich mich demgemäß ja für fünfzig Jahre verpflichten, mit einem Menschen zusammenzubleiben. Und das finde ich nicht ganz so toll.

Ein neuer Versuch

September 1989. Thomas Rehbein unternimmt einen zweiten Versuch, auf eigenen Füßen zu stehen, und zieht nach Flensburg. Ein Bekannter hat ihm einen Job in einer Siebdruckerei vermittelt. Zum Abschied haben sich ein paar Freunde eingefunden. Mutter Rehbein bringt Thomas ein Ständchen.

»Alas my love you do me wrong, you passed me off discourtesly. And I have heartet you so long, delighted in your company. Greensleeves was all my joy, greensleeves was my delight. Greensleeves was my heart of gold and you were my lady greensleeves.«

Bereits am dritten Tag in der neuen Stadt nimmt das Unglück seinen Lauf. Zum ersten Mal packt Thomas Rehbein so richtig das Heimweh. Also begibt er sich gegen Abend in »Charlies Eisdiele«, einem beliebten Treffpunkt für junge Leute. Dort gibt es einen doppelten Whisky mit Cola zum halben Preis. »Der Preis kam meinem Heimweh und meinem Portemonnaie entgegen.« Thomas Rehbein trinkt etwas zuviel und gerät in eine Schlägerei, die ihn für die nächsten zwei Tage arbeitsunfähig macht.

Damit sind im Betrieb die Weichen für die Heimfahrt nach Berlin gestellt. Noch ein paar Konflikte mit den Vorgesetzten, und zu Weihnachten ist Thomas Rehbein wieder zu Hause.

Sein »Großstädtertum« habe seiner Karriere in Flensburg im Weg gestanden.

Frühjahr 1990: Thomas Rehbein versucht im Berliner Arbeiterbezirk Wedding ein letztes Mal sein Glück in einer Siebdruckerei. Aber auch hier gibt es nur Ärger mit der Chefin und dem Chef, die den Betrieb seiner Ansicht nach vernachlässigen und ihm viele Unzulänglichkeiten in die Schuhe schieben. »Ich bin eben ein Rosinenpicker, wenn es darum geht, problematische Betriebe ausfindig zu machen.« Als er auch hier wieder durch die praktische Prüfung fällt, »nur weil mir das Sieb aus der Hand gefallen war«, schließt er dieses Kapitel ab. Thomas Rehbein ist nun arbeitslos.

Sommer 1990. Mutter Rehbein hat ihrem Sohn eine eigene Wohnung besorgt, gleich neben der ihren.

> **Thomas Rehbein:** Na ja, ich sehe eine Zeit der Kreativität auf mich zukommen: Ich muß diese Wohnung ja einrichten, ich muß mir ja Gedanken machen, wie ich sie haben will. Ansonsten kommt jetzt die Phase der Ruhe. Die ganzen kleinen Streitereien fallen weg.
>
> **Die Mutter:** Aber wenn dir was fehlt, kann ich ja immer noch mal vorbeikommen, einen kleinen Ärger machen und dann wieder gehen.

November 1990. Thomas Rehbein hat einen Job als Aushilfe bei der Postbank bekommen, ab 1991 ist er »Nachwuchsangestellter«, schließlich Angestellter.

1991. Thomas Rehbein sortiert im Büro Formulare.

> **Thomas Rehbein:** Stupide Arbeit, immer diese dummen Belege, immer das gleiche. Kommt nie was Neues dazu.
>
> Also, irgendwie möchte ich meinen Kopf gerne wieder benutzen.
>
> Vorher war ich ja nur Aushilfsangestellter, jetzt bin ich Angestellter, und wenn ich nichts dagegen unternehme, bis an mein Lebensende. Hab' ich nicht vor.
>
> Ich hab' immer noch vor, mein Abitur nachzumachen, dann kann ich mich um einen qualifizierteren Job bemühen.

Einige Kollegen sind hier ganz nett, andere sind weniger nett, na ja, ich komme im Prinzip mit allen klar.

Thomas Rehbein tritt während seiner Zeit bei der Postbank in die Gewerkschaft ein.

»Damit kam ich zu einem politischen Verständnis«, sagte er später. Mit einem zwiespältigen Resultat: Der Satz »Ich glaube an die parlamentarische Demokratie und ihre Grundordnung«, sagt er, sei in sich selbst ein Witz. Und: »Ich behaupte, daß ein mittelloser lohnabhängig Beschäftigter links sein muß, wenn er nur einen Funken Verstand besitzt.«

Thomas Rehbein: Vor meiner gewerkschaftlichen Arbeit war ich politisch ein relativ uninteressierter Mensch.

Ich hatte auch mal mit dem Gedanken gespielt, mich doch mal irgendwie politisch zu engagieren und in irgendeine Partei einzutreten, habe aber damit verschiedene Schwierigkeiten, weil ich nicht so recht weiß, für welche Partei ich mich da nun entscheiden soll. Sicherlich, meine Sympathien hängen eher auf der linken als auf der rechten Seite, wohin uns rechte Politik geführt hat, das seh'n wir ja nun seit 1982 ganz deutlich. Also, ja, ich würde gerne daran arbeiten, daß die Politik für den Durchschnittsmenschen durchsichtiger wird, daß man vielleicht tatsächlich mal an den Punkt kommt, wo man versucht, Demokratie zu leben.

»Ich hatte eine sehr gute Freundin, die hatte einen Ohrensessel von ihrer Großmutter. Da habe ich mich immer reingesetzt. Mein Idealbild ist ein Raum mit einem Kamin, einem, nein zwei Ohrensesseln und rundherum nur Bücher. Vielleicht noch zarte Musik. Zu diesem Bild paßt kein Hocker, keine Couch – nur ein Ohrensessel, und ein Fußteil dazu, damit ich auch die Füße hochlegen kann.«

»Ich bin einer dieser Typen, die in der weiblichen Welt zum Typus ›Weichei‹ gehören. Ich bin offensichtlich zu nett. Erfolg hat man bei den Frauen, wenn man sich so benimmt, wie sie es angeblich nicht haben wollen.«

»Wahrscheinlich wäre ich auch in einem begüterten Elternhaus nicht fleißiger geworden und auch nicht früher auf die eigenen Füße gekommen, womit ich ja nun schon recht spät dran bin.«

»Lieber nachdenken …«

Dezember 1992. Vater Rehbein renoviert in Anwesenheit seines Sohnes Thomas die Wohnung.
März 1993. Thomas Rehbein ist immer noch mit dem Renovieren seiner kleinen Wohnung beschäftigt.

Thomas Rehbein: Ich habe diese Wohnung seit etwa zweiundzwanzig, dreiundzwanzig Monaten, aber renovieren tu ich eigentlich erst seit einem Jahr. Vorher hatte ich irgendwo nicht so recht die Beziehung zu der Wohnung, war sie nicht meine, war immer noch die von dem, der vorher hier drin gewohnt hat.
Im Moment hab' ich so das Gefühl: Das ist meins, ich bin integriert und will das fertig kriegen und so.
Im letzten Jahr war ich viel mit der Gewerkschaft unterwegs, zu Lehrgängen und Fortbildungen und ähnlichem, dann war ich halt immer zwei Wochenenden weg, und das jeden Monat, da hat man dann wenig Zeit, um noch was in der Wohnung zu machen. Ich denke lieber darüber nach, wie man das machen könnte, als daß ich Hand anlege. Ich hab' mir vorgenommen, hier meine Ideen umzusetzen und keine Kompromisse einzugehen – oder nur kleine Kompromisse. Und dann braucht das halt auch seine Zeit.

Thomas Rehbein drückt wieder die Schulbank.
Zwischen 1994 und 1997 macht Thomas Rehbein an der Abendschule das Abitur nach.
1996 gibt er seine Arbeit in der Postbank auf.

Thomas Rehbein: Mit der Schule läuft das, sag ich mal, erwartungsgemäß relativ gut. Also, ich habe zwar letztens eine Arbeit verhaun, gut, das soll passieren, da hab' ich mich auch nicht drauf vorbereitet, war ich selber schuld, aber ansonsten liege ich so in der Regel bei »drei« und besser, und das ist schon, denk ich mal, ganz gut.
Nach der Schule, wenn ich sie denn tatsächlich bestehen sollte, wovon ich jetzt erst mal ausgehe, würde ich ganz gerne noch studieren, weil das Abitur alleine, denk ich mal, nicht so sehr viel bringt.
Also, bislang bin ich davon ausgegangen, daß ich Geschichte und Geographie studieren wollte, das kann sich aber in den nächsten drei Jahren auch noch ändern, also, ich hab' auch noch so 'ne leichte Ader fürs Englische. Vielleicht gibt es da auch 'ne Möglichkeit. ... Ansonsten geht mein Fernziel in die Richtung, entweder was mit Touristen zu machen oder in den Rundfunk zu gehen, um Journalist zu werden. Ja, vielleicht kriege ich mich selber sogar zum Schreiben? – Weiß ich nicht, keine Ahnung, muß ich mal probieren.
Meine materiellen Wünsche? Also, ich hätte gerne ein hübsches altes Steinhaus irgendwo in Schottland, mit einem geländefähigen Auto davor, damit man sich dort auch bewegen kann. Und eine Arbeit, mit der ich da oben genügend Geld verdienen könnte, um überleben zu können. Und dann vielleicht auch 'ne nette Familie drumrum, so daß man da seinen Spaß damit hat.
Einige meiner positivsten Erfahrungen in den letzten zwei oder drei Jahren habe ich halt in Schottland gemacht, ich find' das sehr hübsch da. Das Wetter ist zwar auch

häufig verregnet und ein bißchen kühl, aber ich hab' inzwischen sogar gelernt, den Regen liebzuhaben, das macht richtig Spaß, wenn man die richtige Kleidung dazu hat.

Ich weiß nicht, ob ihr euch daran erinnern könnt: Ich hatte mal so eine nicht sehr positive Beziehung, hier, in meiner Gegend. Die hat mich also doch ganz gewaltig runtergerissen, so mit einem Selbstmordversuch von ihr, es war alles nicht besonders schön. Da hab' ich in, denk ich mal, knapp einem halben Jahr mehr Erfahrungen gemacht als andere in zwanzig oder dreißig Jahren. Wenn ich diese Zeit einfach so aus meinem Tagebuch streichen könnte und sagen: Ach, das war alles nur ein schlechter Traum, das ist nicht passiert – dann wäre ich schon ganz zufrieden.
Ich hab' eine Zeitlang mit einer mittelschweren Paranoia gelebt und hab' immer geguckt, ob sie vielleicht doch wieder auftaucht, ob sie mir wieder auflauert und mir irgend was erzählt, was ich nicht hören will, aber, so langsam meine ich, daß ich da wieder raus bin. Das hat eine Weile gebraucht, so vier Jahre oder so.
Ich hab' halt dußligerweise diese Karte gezogen: Typ »guter Kumpel«, das scheint mir irgendwie auf die Stirn geschrieben zu sein, und immer, wenn ich irgendwo hinkomme, hör' ich: »Ja, du bist ganz nett, aber …!« Dieses »aber« nervt mich gewaltig.
Ich denke mal, für mich wäre ein Personenkreis wichtig, der mir permanent das Gefühl gibt, so wie ich bin, ganz in Ordnung zu sein.

Juni 1997. Thomas Rehbein hat das Abitur bestanden.
Thomas Rehbein: Vorbei! Vorbei!
Die Mutter: Jemand, der nur ein Kuchen hat?
Wer hat denn noch keins? Wieviel fehlen denn noch? Hat denn nun schon jeder eins? Guck doch mal rum! Ob noch jemand fehlt?

Ich will ja hier keine lange Rede halten, aber außergewöhnliche Ereignisse erfordern außergewöhnliche Maßnahmen. Ich finde nämlich, ein Abitur zu machen, ist schon ein tolles Ding. Aber sich noch einmal freiwillig dreieinhalb Jahre in die Abendschule zu begeben, find' ich so eine tolle Leistung, daß wir dachten, wir müssen herzlich gratulieren und auf den Erfolg und die Zukunft anstoßen. Ich könnte jetzt noch lange weiterreden, aber ich sage nur noch eine Kleinigkeit, ja?: Prost!

Studium

Thomas Rehbein beschließt, »auch aus finanziellen Gründen« in Berlin, nahe bei den Eltern, zu studieren und wegen seines Schottlandinteresses Englisch zu belegen – und Ethnologie, »als geistiges Gegengewicht, das den Kopf in andere Bahnen bringt«.

Thomas Rehbein: Ich hatte einmal den Traum, hier in Deutschland Touristen einzufangen und nach Schottland zu bringen: Studienreise für Erwachsene. Zielgruppe: Leute, die bereits ihre Existenz gesichert haben und noch was detailliert und fundiert erfahren wollen. Also, so etwas wie Reiseveranstalter. Die Sache hat nur den Haken, daß man da wie jeder Klassenlehrer bei einer Klassenreise schon mit einem Bein im Gefängnis steht.

An die 60 Reisen hat Thomas Rehbein bislang unternommen. Mit den Großeltern, den Eltern, allein, seltener mit Freunden. Drei Regionen der Erde fehlen ihm noch in seiner Länder- und Kontinentesammlung: Australien, Südamerika und Afrika. Doch kein Land der Welt, keine Gegend hat es ihm so angetan wie Schottland, das er zum ersten Mal 1989 auf einer Reise mit dem Mozart-Chor (in dem bereits seine Mutter gesungen hat) kennenlernte.

Thomas Rehbein: Durch die vielen Reisen, die mir vor allem meine Eltern ermöglicht haben, bin ich, anders als viele meiner Bekannten, weltoffen geworden. Wenn ich irgendwo anders leben würde als in Berlin: Schottland wäre es. Dort liegt alles nahe beieinander. Man muß nicht sonderlich weit fahren, um in den Genuß von Stille, Ruhe, aber auch Kultur zu kommen.

Die große Wende?

1997: Das Jahr, in dem das Leben des Thomas Rehbein »endlich eine positive Wende nehmen könnte«. Er hat das Abitur bestanden und immatrikuliert sich an der Universität. Und zu eben diesem Zeitpunkt wird er Vater – »ungewollt«.

Zunächst wehrt er sich mit allen juristischen Mitteln dagegen, die Vaterschaft anzuerkennen. Ein Vaterschaftstest läßt jedoch keine Zweifel mehr offen: »Ich hätte einen Zwillingsbruder haben müssen, oder mein Vater hätte es gewesen sein müssen.« Mit dem Kind, einem Sohn, will er aber nichts zu tun haben: »Weil ich mit der Mutter nichts zu tun haben will.« Er bespricht sich mit seinen Eltern. Sie stellen sich auf seine Seite, denn »für die ist meine Haltung Gesetz«.

Der Vorwurf der Behörden, er habe 1997 das Studium nur aufgenommen, um den Unterhaltszahlungen zu entgehen, macht ihn betroffen. Thomas streitet dies ab: Er habe das Abitur nur gemacht, um studieren zu können. Außerdem sei er finanziell einfach nicht in der Lage, Unterhalt zu leisten.

Als die Mutter seines Sohnes ihn bittet, einen Namen für das Kind vorzuschlagen, wählt er den Namen Marvin aus. Nach einer Roboter-Figur aus dem Science-Fiction-Roman »Per Anhalter durch die Galaxis« von Douglas Adams.

Thomas Rehbein: Das Kind ist das leidtragende Element in dieser Geschichte.

Ich frage mich immer wieder, ob ich mit meiner Entscheidung meine moralische Identität in Frage stelle. Ich habe noch keinen Weg gefunden, wie ich aus diesem klassischen Dilemma herauskomme. Es gibt zwei Wege und beide führen dazu, etwas zu tun, was ich nicht mag.

Ich kann kein Kind unterhalten, ich kann ihm Witze erzählen, es aber nicht ernähren.

Ich finde schon, daß Männer, die Geld haben, Unterhalt bezahlen müssen. Aber die Idee der Kohl-Ära ist ja die, daß die, die nichts haben, zahlen müssen.

Das ist meine Kritik am Staat: Er stürzt mich jetzt eventuell in den Ruin, mit der Aussicht, daß ich in zehn Jahren Sozialhilfeempfänger werde.

Es gibt in dieser Geschichte keine Schwarzweiß-, sondern viele Grau-Töne.

Was mir wirklich Kopfzerbrechen macht: daß irgendwann einmal ein Gerichtsvollzieher kommt und sagt: Wir nehmen erst mal alles mit, was mitzunehmen ist. Zum Beispiel die 1500 Bücher, die 490 CDs, die 600 Schallplatten, 50 Singles. An vielen Dingen hängt mein Herz.

Epilog I
November 1998. Thomas Rehbein trifft sich zum letzten Mal mit den Filmemachern.

Detlef Gumm/Hans-Georg Ullrich: Kannst du dir ein Leben ohne den Rückhalt deiner Eltern vorstellen? **Thomas Rehbein:** Im Moment fällt mir das schwer. Im Moment bin ich sehr darauf angewiesen, daß die Familie da ist. Ich kann da jederzeit mit jedem Problem hingehen, und sei es noch so absurd, und kann darüber reden, wenn ich das will.

Mein erstes großes Ziel ist es, das Studium abzuschließen. Und das zweite Ziel, mit dem, was ich dann kann oder auch nicht kann, einen Arbeitsplatz zu schaffen. Ich bin jetzt fast 32 und gehe davon aus, daß in vier, fünf Jahren, wenn ich fertig bin, nicht jemand auf mich wartet mit 37 und sagt: Ha, Herr Rehbein, Sie sind genau der, den wir jetzt brauchen!

Von daher, denke ich, werde ich mir meinen Arbeitsplatz selber bauen und selbständig werden müssen.

Detlef Gumm/Hans-Georg Ullrich: Bist du mit deinem Leben glücklich? **Thomas Rehbein:** Ich würde sagen, zu 65 Prozent – 65 bis 70.

Detlef Gumm/Hans-Georg Ullrich: Und die 30 Prozent? **Thomas Rehbein:** Sind Chaos und Ärger. Aber im großen und ganzen kann ich sagen: Ich bin mit meinem Leben, so wie es ist, zufrieden.

Ich glaube, in meinem Leben ist noch nie irgend etwas wirklich planmäßig gelaufen. Doch, die Einschulung! Ich wurde pünktlich eingeschult. Ansonsten habe ich immer dafür gesorgt, daß etwas Unvorhergesehenes dazwischengekommen ist.

Epilog II

»Die Mütze stammt aus Moskau. Das muß nach 1990 gewesen sein. Nach einer Reise des Mozart-Chores. Ich war nicht dabei. Freunde haben mir diese Mütze mitgebracht. Ich sammle nämlich Kopfbedeckungen.«

»Den Pullover habe ich im Sommer 1996 in Schottland gekauft, in einem Strickladen auf einer Insel. Ich sah das keltisch inspirierte Motiv und dachte: das ist mein Pullover. Sehen Sie das Etikett? Er ist aus Ecuador.«

Thomas Rehbein: Das Filmprojekt ist ein Stück Geschichtsschreibung. Nicht Geschichte von oben, sondern von allen Seiten und von unten. Natürlich sind das nur Momentaufnahmen. Das wird aber, spätestens in 100 Jahren, eine wichtige Quelle für Historiker sein, eine Forschungsquelle, eine Primärquelle über unsere Zeit.

Der Film fällt in meinem Alltagsleben unter die Rubrik »Ist da. Stört nicht. Tut nicht weh.«

Was mich reizen würde, wäre, das Wissen in meinem Kopf in einen anderen Körper zu transformieren, um neue Erfahrungen zu machen. Ich habe nie wirklich intensiv Sport gemacht, zum Beispiel. Aber die Vorstellung, sich klonen zu lassen, reizt mich nur bedingt, denn auf meine bisherigen Erfahrungen wollte ich nicht verzichten. Reizvoll wäre aber die Vorstellung, mit einem A-1-Körper, mit einem athletischen Vorzugskörper frei wählen zu können, ob man die große sportliche oder die geistige Laufbahn einschlagen will.

Unsere Gesellschaft ist kontaktarm, latent kalt. Ich bin kontakt- und experimetierfreudig.

Ich produziere schon Ärger für drei, bin schwer für zwei – also nee, noch so 'nen Typen wie mich? Nee.

Meine Eltern sind in meinem Leben die wichtigsten Menschen und meine besten Freunde. Ich schätze an beiden sehr, daß sie über ihr Elternsein hinausgewachsen sind.

Katzen kann ich nicht leiden, die haaren immer so. Aber ich habe eine Katze von meinen Eltern, als Überzug einer Wärmflasche, die kratzt nicht, die haart nicht und ist bei 30 Grad waschbar.

Ich glaube, ich neige dazu, viel von dem, was in mir vorgeht, auch publik zu machen. Ich weiß nicht genau, wo bei mir Öffentlichkeit aufhört und Privates anfängt. Ich habe die Theorie: Das Leben mit anderen ist leichter, wenn man sich weit öffnet. Ich versuche, Leuten auch frühzeitig zu sagen, wenn mir was nicht gefällt.

Kapitel 3
Morgen ist auch noch ein Tag.
Scarlett O'Hara in »Vom Winde verweht«

»Augen zu und durch!«
Gerda Dahms

»Leben und leben lassen, solange es geht!«
Gerd Dahms

Gerd Dahms' großer Lebenstraum war es, Jockey zu werden. Er war immer der Kleinste in der Klasse und mißt als Erwachsener gerade mal 1,54 Meter. Doch sein Weg führte ihn in die Backstube. Sein Bruder Kalle erfüllte sich den Wunsch statt seiner. Gerda, Gerds zweite Frau, teilt diese Leidenschaft für Pferde überhaupt nicht. »Ich habe«, sagt sie mit Blick auf das Foto, das sie als Dreijährige auf einem Pony sitzend zeigt, »auf Pferden immer gehangen. Wie ein Sack. Das war nie mein Ding.«

Gerd Dahms wird 1941 in Katscher bei Kattowitz geboren, als viertes von sieben Kindern (drei Mädchen, vier Jungs). Der Vater ist von Beruf Busfahrer. Ab 1943 lebt die Familie in Mecklenburg-Vorpommern auf dem Land. Nach dem Zweiten Weltkrieg zieht sie nach Berlin. Gerd: »Ich bin ein Trümmerkind vom Alexanderplatz.«

1948 feiern zwei seiner Schwestern die Konfirmation: Gerd kommt mit der ganzen Familie und einigen Freunden aufs Gruppenfoto. Er ist der Junge ohne Schuhe in der ersten Reihe. Man hatte ihn für die Aufnahme suchen müssen, weil er sich zum Spielen verzogen hatte. Gerd: »Am liebsten hätte ich nicht nur die Schuhe, sondern auch den blöden Anzug wieder ausgezogen.« Bei dem kleinen Mann mit der Glatze, letzte Reihe – sein Onkel –, wird Gerd Dahms acht Jahre später seine Bäckerlehre antreten. 1953 geht der Vater als politischer Flüchtling mit einem Teil der Familie in den Westteil der Stadt. 1955 soll der Rest der Familie nachkommen. Doch Gerds eine Schwester und sein Bruder Kalle wollen im Osten bleiben.

1959 macht Gerd Dahms seine Gesellenprüfung, geht dann aber auf den Bau. Dort bekommt er 1,80 Mark die Stunde, das Doppelte von dem, was er zu dieser Zeit in einer Bäckerei verdienen würde. Fürs Kilo Brot zahlte man 90 Pfennige.

1964 geht Gerd Dahms dann doch in die Bäckerei. Im gleichen Jahr heiratet er seine erste Frau, eine Schneiderin. Aus dieser Ehe stammt ein Sohn. 1973, kurz vor der Scheidung, lernt er Gerda kennen. »Da kam der Drachen ins Spiel«, sagt sie heute.

1981 macht Gerd Dahms seine Meisterprüfung. Dann eröffnet er sein erstes eigenes Geschäft in Berlin-Wilmersdorf. Gerda arbeitet hinter dem Ladentisch mit. Erst 1985 heiraten sie. Gerda: »Ich hatte mir fest vorgenommen, vor meinem 35. Lebensjahr nicht zu heiraten, dann hat er mich doch noch etwas vorher bekommen.«

Am Tag ihrer Hochzeit ist Gerda Dahms 33 Jahre alt. Mit 19 war sie zusammen mit einer Freundin nach Berlin gekommen. Gerda arbeitete zunächst in einer Druckerei, dann als Kellnerin in Wilmersdorf. Dort, in einer Kneipe, lernt sie später auch Gerd

kennen. Weil die Sippe der beiden viel zu groß ist, sagt Gerda, habe man sich zur Doppelhochzeit mit einem befreundeten Paar entschlossen: »Das war billiger.« Das Hochzeitsfoto mag Gerda Dahms nicht besonders, wegen der getönten Brillengläser, die ihr Mann damals trug. »Immer wieder ham mich die Leute gefragt: Ham Se 'n Blinden geheiratet?«

Gerda Weisheit wurde 1952 in Köln geboren. Der Vater war gelernter Maurer, arbeitete dann aber bei der Stadtreinigung. Die Mutter versorgte den Haushalt und fünf Kinder (vier Mädchen und einen Jungen). Pünktlichkeit, erinnert sich Gerda, war zu Hause oberstes Gebot: »Fünf Minuten zu spät, und es gab was hinter die Ohren.«

Gerda absolviert die Volksschule bis zur 8. Klasse, macht dann eine Lehre als Verkäuferin, schmeißt sie aber hin und arbeitet danach als Aushilfe in einer Kölner Druckerei. Für den Familienurlaub haben sich die Eltern einen Campingwagen angeschafft und ein zusätzliches Zelt für die Kinder. Jeden Sommerurlaub verbringen sie auf demselben Campingplatz am Rhein. »Mehr war nicht drin.«

Später fährt sie mit ihrem Ehemann Gerd Jahr für Jahr zu dessen Verwandten nach Polen, Oberschlesien. Das ist nicht weit weg von zu Hause und finanziell erschwinglich. Ohnehin erlaubt ihnen das Geschäft mit der Bäckerei nur Tages- und Wochenendausflüge. »Mallorca konnten wir uns nie leisten«, sagt sie. »Nicht mal eine Hochzeitsreise haben wir gemacht.« Wenn sie es sich aussuchen könnte, würde sie gerne einmal in ihrem Leben mit dem Orient-Express verreisen. »Aber da muß man mutig einsteigen, kann gut sein, man kommt dann nur als Leiche zurück.«

»1000 Brötchen, Minimum«

Juli 1987. Gerd Dahms steht wie immer sehr früh in seiner Backstube in der Mainzer Straße. Gleich nebenan ist die Post, und um die Ecke liegt eine Schule. Zweimal in der Woche findet gegenüber der Markt statt. Dennoch fällt das Geschäft des Bäckers bescheiden aus, er kann den Laden gerade mal so am Laufen halten.

Gerd Dahms: Den Laden führe ick jetzt seit neunzehnhunderteinundachtzig. **Detlef Gumm/Hans-Georg Ullrich:** Sind Sie zufrieden mit dem Laden? **Gerd Dahms:** Ach, zufrieden – ick würde sagen, ick kann meine Arbeit einteilen, wie ick will, hab' 'ne Mark mehr wie alle andern – und ick bin glücklich. Arbeiten muß man überall, um zu leben. Det einzige, wat mich uffregt, sind die Steuern. Die sind 'n bißchen zu hoch.
Detlef Gumm/Hans-Georg Ullrich: Was verlangen Sie für eine Schrippe? **Gerd Dahms:** Fünfundzwanzig. – Billig, det Stück.
Detlef Gumm/Hans-Georg Ullrich: Was bleibt da bei einer Schrippe für Sie momentan hängen? **Gerd Dahms:** Bei fünfundzwanzig Pfennig, na, sieben Pfennige. Es kommt auf die Größenordnung an, wieviel man am Tag herstellt. Ick würde sagen, bei tausend Stück am Tag kann man mit gut acht Pfennigen rechnen. Acht bis zehn Pfennig. Und alles, wat darunter is, is schon zu wenig. Also, zwischen achthundert und tausend müßte man wenigstens verkoofen.

Die Kunden

Gerda Dahms: Also, die nettesten Kunden sind, woll'n wir mal sagen, die, die am wenigsten Jeld ham. Und die Jüngeren! Weil die so'n kleenes Lächeln uffm Mund haben. Gerd, wat sagste? Die Produktion erhöhn wa jetzt? Ja! Juchhu!
Die Nachbarn, die kriegen Besuch aus der DDR! Nach sechsundzwanzig Jahren zum erstenmal rüberkomm'. Det is schön. Die kaufen bloß ein. Die Leute, die sind doch schon 85 oder 90 Jahre alt, ja?
So, damit die Kunden auch alles sehn, was es gibt: Jetzt kommen die Plunderstückchen. Und hier die Etage, die immer billjer verkauft wird: Älteres für'n Groschen oder zwanzig Pfennig. Wer Zähne hat, der kann det noch beißen! (lacht)

Bäckerehre

Detlef Gumm/Hans-Georg Ullrich: Herr Dahms, sind Sie denn stolz, wenn Sie so ein Brot richtig gut gebacken haben? **Gerd Dahms:** Ja, wenn es ooch die richtige Form hat und den Geschmack und ooch die Rundung stimmt. Die Innung macht ja jedet Jahr Brot- und Schrippenprüfung für sämtliche Bäckereien. Ick habe bis jetzt jedes Jahr entweder »sehr gut« oder »gut« jehabt, ob det Schrippen war'n oder Brot. Noch nich eine Beanstandung! Ja, man kann, ick würde mal sagen, man kann druff stolz sein.
Gerda Dahms: Na, nun gib mal nich so an!
Detlef Gumm/Hans-Georg Ullrich: Gibt es denn Dinge, die gegen Ihre Bäckerehre gehen? **Gerd Dahms:** Ja, wenn eener zu mir sagt, du bist Konditor. Det kann ick nich leiden.
Detlef Gumm/Hans-Georg Ullrich: Warum? **Gerd Dahms:** Na, det is eigenartig. Ick würde sagen, jeder Bäcker könnte 'n Konditor ersetzen, zur Not, aber es gibt, ick würde sagen, von hundert Konditoren höchstens fünfe, die 'n Bäcker ersetzen könnten. Is keen Quatsch, et is 'ne Tatsache.
Een Konditor, der arbeitet, schon alleene beim Brot rund machen sagt der sich: »Bloß keen Teig anne Hände!«
Detlef Gumm/Hans-Georg Ullrich: Eine Bäckersfrau ist angesehen? **Gerda Dahms:** Ach, das glaube ich nicht. Es gibt solche und solche. Es gibt viele Leute, die lachen einem ins Gesicht und im Hintergrund denken sie vielleicht: Mein Gott! ... Das weiß man nicht. Da kümmere ich mich auch gar nicht drum. Ich mach meine Arbeit.
Aber Streß ist das schon, wenn man so selbständig ist. – Wir werden verkaufen und 'ne ruhige Kugel schieben, et gibt so viel Arbeitslose.

Man ärgert sich, wenn man viel zu tun hat, man ärgert sich, wenn man wenig zu tun hat, also ich glaube, das braucht man auch, Abwechslung. Ist auch sonst zu stupide, Knopp rein, Knopp raus.

Die Großen und die Kleinen

Detlef Gumm/Hans-Georg Ullrich: Was würden Sie sich denn so wünschen, wenn Sie viel Geld hätten, oder was könnten Ideale sein? **Gerda Dahms:** Weeß ich jar nich. Weil ich darüber überhaupt noch nich nachjedacht habe. Ideal … Was gibt's denn überhaupt für'n Ideal? Weeß ich gar nich. Es gibt so viele, die ham Jeld, die ham alles, die können fahrn, wohin sie wollen, und? Wat sind se? Verhaftet, verhurt, versoffen, verraucht – alle! Na ja, sind die glücklich?

Wenn man das so sieht und hört: »Liza Minelli – endlich aus dem Schatten ihrer Mutter rausjetreten« und sowat allet, ja? Also, ich hab' noch nie im Schatten meiner Mutter jestanden!

Erholung auf einer preiswerten Tagesreise
Juli 1990. Nach der Maueröffnung macht Familie Dahms mit dem Kind einen Ausflug per Bus in den Heidepark. Hin und zurück in nicht einmal 24 Stunden.

Gerda Dahms: Mal raus, mal was andres sehn! Rapsfelder, schön. Busfahrer, die arbeiten, weil se rumfahrn müssen! Ich kann sitzen und gucken! Ach, toll! Andre Leute arbeiten lassen. – Ist doch preiswert, sollte man doch ausnützen! Gerd Dahms: Det macht bestimmt Spaß! Zwischendurch Achterbahn fahrn. Mal nichts tun, faulenzen. Gerda Dahms: Wir machen nur Tagestouren. Lieber mal da und mal da sein. Drei Wochen an einem Ort, det wird ja langweilig. Wir sind eher so Leute, die den Pubs im eigenen Bett lassen!

Detlef Gumm/Hans-Georg Ullrich: Was wird der Sohn später mal machen? Gerd Dahms: Na ja, er wird vielleicht Bäcker. Der Sohn: Erst Bäcker, dann Kraftfahrer! Gerda Dahms: Dann kannste auch hier so Tagestouren machen, Holidayreisen, au ja! Gerd Dahms: Oder hier mit nach Soltau, oder an die Ostsee.

Detlef Gumm/Hans-Georg Ullrich: Hätten Sie nicht Lust, sich mal zu verändern? Zum Beispiel einen Laden in der sich verabschiedenden DDR aufzumachen? Gerda Dahms: Wollten wir schon.

Detlef Gumm/Hans-Georg Ullrich: Oder in einer Fabrik arbeiten? Gerd Dahms: In einer Fabrik nicht. Det einzige vielleicht noch – na ja, det hört sich 'n bißchen dumm an: Mal rüberjehn und zeigen, wie Brot jebacken wird. Die können ja ooch keen Brot backen! Brotbacken, det is halt inne DDR 'n bißchen mies, also, woll'n wa mal sagen, nich mies, die kriegen det ooch hin –, aber schmecken tut's nullachtfuffzehn, die ham keene Lust. Also, bis jetzt war's so. Kein Wunder, wenn se immer warten müssen auf Mehl und Zucker, Zuckercouleur.

Gedanken über die Arbeit
Nach dem Ausflug. In der Bäckerei ist wieder mal nicht viel los.

Gerd Dahms: Ick mach' mir keene großen Kopfzerbrechen. Det einzige, wovor ick Angst habe, daß die Renten nicht mehr gesichert sind. Die Jugendlichen heutzutage, da will doch keener mehr arbeiten. Is verständlich, wenn se sieben-, achthundert Mark Arbeitslosenunterstützung kriegen, wenn se jar nischt machen brauchen und datselbe verdienen wie wenn se arbeiten.

Detlef Gumm/Hans-Georg Ullrich: Wie ist das nach so einem Tag, wenn Sie so eine schöne Reise gemacht haben, wie gestern nach Soltau – haben Sie dann manchmal den Gedanken: Was soll die ganze Rackerei? Ich schmeiß' den Bettel hin? Gerd Dahms: Nee, janz ehrlich nich. Mir macht das Spaß. Keener hetzt mich, keener beobachtet mich beim Arbeiten, wie's woanders is. Wenn ick mal lustig bin – jetzt ist Brot im Ofen –, lass' ick allet liegen, geh' ins Wohnzimmer, rauch 'ne Zigarette oder frühstücke. Zur Zeit trink ick Bier nur ohne Alkohol. Wegen einer Adernverengung oder so wat. Ick hab' es ein bißchen mit den Füßen, da bin ick mal beim Arzt gewesen, und der hat bei mir ziemlich viel Cholesterin festgestellt. Der hat mir gesagt, auf jeden Fall Alkohol weglassen.

Detlef Gumm/Hans-Georg Ullrich: Und wie ist das ohne richtiges Bier? Gerd Dahms: Das is 'ne Umstellung, das schmeckt nich ganz so jut, aber man kriegt keene dicke Birne.

Detlef Gumm/Hans-Georg Ullrich: Was sind denn Ihre Pläne für die nächsten Jahre in der Bäckerei. Wird's so weiterlaufen wie bisher? Gerd Dahms: Ja, noch zehn Jahre, und dann hör' ick uff *(lacht)*. Rente auszahlen lassen.

Frau Dahms nimmt Platz und rechnet zurück.
Januar 1991. Der Laden wird renoviert.

Gerda Dahms: Ach, das is wunderbar! Mir tut aber der Hintern weh vom Sitzen, wenn man nix zu tun hat. Ja, wenn man acht, zwölf Stunden immer gewohnt ist, vorne im Laden lange zu stehen, also dann is det Sitzen unjewohnt. Wenn man das so sieht, ja, was man alles nebenher macht, wenn man vorne im Laden steht, also det is ja Wahnsinn.
Detlef Gumm/Hans-Georg Ullrich: Freuen Sie sich denn auf die neue Einrichtung?
Gerda Dahms: Na ja, ich weeß nich. Die alte hat mir irgendwie besser gefallen. Ich hab' gesagt, macht ihr! Ich wollte meinen alten Laden haben, ich fand den schöner. Auch verschiedene Kunden haben gesagt, also das ist noch ein alter Laden, wie aus der Zopfzeit. Die alten Holzregale …
Detlef Gumm/Hans-Georg Ullrich: War's einfach mal fällig, oder wie kommt's? Gerda Dahms: Na, fällig war's auch. Sah ja alles schon so alt aus. Das is doch schon zwanzig, dreißig – vierzig Jahre is det mindestens schon alt; na ja – vierundsechzig –, sechsunddreißig Jahre, sechsundzwanzig!
Detlef Gumm/Hans-Georg Ullrich: Wie soll's jetzt werden, gibt's ein Konzept dafür?
Gerda Dahms: Na, erst mal sauber, wa? (lacht) Sauber und, wenn's jeht, so billig wie möglich aber.
Mal 'n neuet Jesicht rin. Kann ja keener die Handwerker bezahlen, weeß man ja nich, woher man et hätte nehmen sollen, sind ja allet so Freunde, die hier helfen.
Jetzt ist ja jeder hypermodern, wenn die Tür automatisch aufjeht, aber ich find' det nich so schön. Also, ich geh' lieber in einen kleinen Laden rin, wo ich die Klinke aufmachen muß und die Klinke wieder zumachen muß. Gefällt mir persönlich besser.

3. Oktober 1991. Jahrestag der deutschen Einheit.
Pferderennen in Hoppegarten

Eigentlich könnte es für Gerd Dahms ein besonderer Tag sein: Der Hoppegarten, sein Paradies, liegt nicht mehr im »Osten«. Doch er nimmt den gesamtdeutschen Augenblick auf der Rennbahn ganz unsentimental wahr, wie ein Rennprofi eben.

Detlef Gumm/Hans-Georg Ullrich: Gab es denn einen Unterschied zwischen dem Hoppegarten von früher, zur DDR-Zeit, und dem von heute? **Gerd Dahms:** Na ja, damals war es für uns billiger gewesen. Durch den Umtausch. Wir ham schwarz jetauscht, immer eins zu zehn. Ick hab' immer hundert oder zweihundert Mark einjetauscht jehabt – zweitausend oder tausend Mark –, da konnte man hier jut den Otto spielen. Jedet Rennen, ejal, was jekommen ist, haben wir jehabt. Und denn gab's immer Sekt, Bier, und die Leute ham jekiekt, wie wir das schaffen zu jewinnen. Logenstühle jesessen und so weiter, wa?
Detlef Gumm/Hans-Georg Ullrich: Was war denn der größte Gewinn, mit dem Sie mal nach Hause gingen? **Gerd Dahms:** Sechstausendfünfhundert.
Detlef Gumm/Hans-Georg Ullrich: An einem Tag? **Gerd Dahms:** In einem Rennen!
Detlef Gumm/Hans-Georg Ullrich: War denn heute Ihr Pferd dabei? **Gerd Dahms:** Nee, zweeter, dritter!

Diagnose: Kehlkopfkrebs
September 1992. Nach einer Kehlkopfoperation wird Gerd Dahms von seiner Frau aus der Klinik abgeholt.

Detlef Gumm/Hans-Georg Ullrich: Wie geht's Ihnen denn jetzt? **Gerd Dahms:** Ick kann noch nicht so laut schrein (*hustet*).
Is en bißchen 'ne Umstellung jetzt, mit dem Schlucken.
Detlef Gumm/Hans-Georg Ullrich: Was haben sie denn mit Ihnen gemacht da drin? **Gerd Dahms:** Mit 'nem Laserstrahl 'nen Tumor wegjemacht.
Ick muß nächste Woche noch mal ran (*weint*).
Die sagen einem ja immer nicht, was genaues ist. Die sagen nur, was sie machen können. **Gerda Dahms:** Ach, das wird schon wieder.
Detlef Gumm/Hans-Georg Ullrich: Sollen Sie aufhören mit dem Rauchen? **Gerd Dahms:** Ganz und gar aufhören.
Detlef Gumm/Hans-Georg Ullrich: Wir sind erstaunt, wie gut Sie schon wieder reden können! **Gerd Dahms:** Na ja, das liegt an meiner Frau. Sie bringt mich immer zum Schreien (*lacht*).
Essen und trinken kann ick alles, und dann versucht man immer, eine zu rauchen.
Detlef Gumm/Hans-Georg Ullrich: Haben Sie es schon probiert? **Gerd Dahms:** Nee, nur jestern. Mal sehn, wie es weiterjeht.
Bier jeht! Bier schmeckt! **Gerda Dahms:** Das wird schon wieder.

Ausländer I
November 1992.

Detlef Gumm/Hans-Georg Ullrich: Clinton ist neuer Präsident der USA. **Gerd Dahms:** Ja, das hab' ich schon gehört.

Detlef Gumm/Hans-Georg Ullrich: Und was halten Sie davon? **Gerd Dahms:** Das interessiert mich an und für sich wenig, wat Amerika macht. Mich interessiert hauptsächlich, wat hier in Deutschland passiert.

Das größte Problem, wat wir hier haben, sind die Aussiedler, is logisch. Was so alles noch auf uns zukommt, mit den vielen Leuten aus Rußland! Und wir ham noch nich mal Wohnungen für die Deutschen.

Das Gesetz müßten se ändern. Guck mal, so viel Kroppzeug, was hierherkommt. Die sagen hier, in Jugoslawien machen se Krieg! Ist klar, daß die Menschen irgendwo hin wollen, damit se nich sterben. Aber wir nehmen alle uff! Ob Italiener, Türken oder sonstewat. Woher die alle kommen! Kriegen hier das Geld bezahlt aus unseren Steuern. Dat is een Witz.

Ein neuer Mietvertrag?
November 1992. Gerd Dahms macht sich Sorgen um seine Existenz als Bäcker.

Gerd Dahms: Na, erst mal sehn, wat nächstes Jahr ist mit dem Mietvertrag. Müssen wa ooch erst klärn.

Bis 1994, dann is hier Ende. Ick bezahl' jetzt schon hundert Prozent mehr als damals, wo ick rinjejang' bin. Jenau 100 Prozent in zehn Jahren. Is een bißchen happig, wa? Wenn se jetzt noch mal wat ruffsetzen, det jeht jar nicht mehr.

Detlef Gumm/Hans-Georg Ullrich: Dann würden Sie dichtmachen? **Gerd Dahms:** Ja, irgendwie versuchen zu verkoofen noch, vielleicht jeht eener rin oder wat.

Bißchen Arbeit nehmen. Sind noch drei Jahre. Berufsunfähigkeit hab' ick einjereicht, krieg' ick aber nicht.

Ausländer II: Der Türke kommt.
Juni 1994. Ein türkisches Ehepaar hat die Dahmssche Bäckerei übernommen.

Gerda Dahms: Ach, ich freu mich, sind nette Leute. Turan immer hektisch, Turan immer nervös, ja, das ist Turan, mein neuer Chef. **Gerd Dahms:** Drei Jahre arbeiten, und denn Rente. Mehr kann ick nich.
Detlef Gumm/Hans-Georg Ullrich: In Ihrem alten Laden? **Gerd Dahms:** Is egal, irjendwo. Hier oder in 'ner Kneipe. Drei Jahre noch vollkriegen.
Detlef Gumm/Hans-Georg Ullrich: Können Sie sich vorstellen, mit Türken zusammenzuarbeiten? **Gerd Dahms:** Hab' ick doch schon jemacht. Inne siebziger Jahre. Na ja, is ein bißchen eine Umstellung, aber macht schon Spaß. Sind jenauso wie wir.
Deutscher Bäckerkollege: Wir arbeiten ja schon zweieinhalb Jahre in einem anderen Betrieb zusammen. Da bin ich der Ausländer. Und nu ham wa jesagt, statt Steine schmeißen, kann man ooch mal zusammen wat machen.
Ob nun Türken oder Deutsche oder Italiener – Berlin is 'ne Großstadt, Berlin will 'ne Weltstadt sein, und dann muß auch ein internationales Publikum da sein. Die Deutschen essen det Pide ja auch im Kebab, da ist es gut genug.

Der Druck ist weg, die Zahlen bleiben.
Dezember 1994. Frau Dahms hat einen neuen Job angenommen. Sie arbeitet jetzt als Kartenverkäuferin an einer Kinokasse.

Detlef Gumm/Hans-Georg Ullrich: Wie sind Sie denn zu dem Job hier im Kino gekommen? Gerda Dahms: Ich hab' immer die Zeitungen durchgeguckt, und Kinokartenverkäuferinnen wurden gesucht, und nu mach' ich das so als Aushilfe.
War schon 'ne Umstellung, kartenmäßig, weil die alle numeriert sind, und da hab' ich meine Probleme mit, weil immer genau nach Nummern abjerechnet werden muß.
Das angenehme ist: Hier krieg' ich meine Knete, in der Bäckerei wußte man nie.
Detlef Gumm/Hans-Georg Ullrich: Trauern Sie Ihrer Bäckerei noch ein bißchen nach?
Gerda Dahms: Nee, das Kapitel hab' ich jetzt abgeschlossen, der Druck ist weg.

»Solange man kein AIDS hat«
Zur gleichen Zeit. Herr Dahms sitzt zu Hause und denkt über den Laden und sein Leben nach.

Detlef Gumm/Hans-Georg Ullrich: Wir kennen uns jetzt acht Jahre. Gerd Dahms: Acht Jahre? Mein Jott!
Detlef Gumm/Hans-Georg Ullrich: Was war denn in den acht Jahren das wichtigste?
Gerd Dahms: Ach, die acht Jahre, die sind eigentlich vorbeigegangen. Morgens immer aufstehn, den ganzen Tag immer nur im Bäckerladen, die acht Jahre, das war eigentlich jeden Tag das gleiche.
Detlef Gumm/Hans-Georg Ullrich: Was war denn an der Bäckerei das wichtigste für Sie? Gerd Dahms: Der Geschäftsverkauf. Daß ick da noch 'n bißchen Geld gekriegt habe.
Detlef Gumm/Hans-Georg Ullrich: Keine Sehnsucht nach der eigenen Bäckerei?
Gerd Dahms: Nee! Janz ehrlich jesacht. Die kleenen Läden hier, die jehn alle kaputt, alle.
Detlef Gumm/Hans-Georg Ullrich: Und Ihre Krankheit? Gerd Dahms: Ick kann die trockne Luft nicht haben.
Detlef Gumm/Hans-Georg Ullrich: Machen Sie sich noch Sorgen? Gerd Dahms: Nee, ach, lohnt sich nicht. Die sind doch heute so weit, die jehn mit dem Laser rin, druff und wieder ausjebrannt – dann is juut. Das einzije Problem ist natürlich det Rauchen. Also, solange man kein Aids hat, oder sonstewat, woll'n wa mal sagen, wo man nüscht jegen tun kann, da mach' ick mir keene Sorgen.

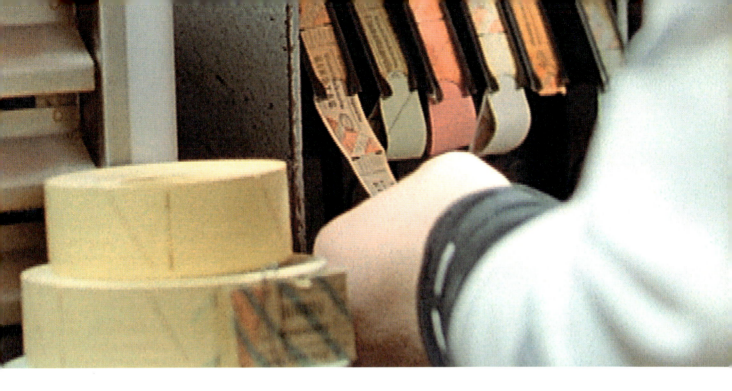

»Am besten: nicht drüber reden«

Gerda Dahms: Er lebt immer noch weiterhin unsolide, er raucht weiter. Nun weiß man nicht, ob das denn wiederkommt. Wenn man »Krebs« hört, das verbindet man immer mit dem Tod, da wollen wir uns mal nichts vormachen.
Detlef Gumm/Hans-Georg Ullrich: Sprechen Sie über Ihr Leben und Ihre Einstellung zum Tod? **Gerda Dahms:** Eigentlich nicht. Wir überlegen nicht, wir reden gar nicht darüber. Für meine Begriffe ist es das beste, nich darüber reden! Und da mach' ich mir auch gar keine Gedanken, also ich persönlich. Da denk' ich überhaupt nich dran.
Gerd Dahms: Angst vorm Tod? Na, Mann, ick sage nur, am besten abends einschlafen, morgens uffstehn, und man weeß von nüscht. Ein Leben nach'm Tod? Daran gloob ick sowieso nicht. Schon alleene der Gedanke, daß – man geht abends ins Bette und schläft ein, und manchmal träumt man wat und manchmal nicht – daß das Gehirn, daß allet total weg ist, das kann ick mir gar nicht vorstelln.

Ein Jahr später

Dezember 1995. Herr Dahms arbeitet wieder als Bäcker in der türkischen Großbäckerei.

Gerd Dahms: 'n knappes Jahr bin ick jetzt hier, halbet Jahr krank, halbet Jahr gearbeitet. Wat soll man machen? Man muß ja leben! Irgendwie. Jetzt arbeitet man in 'ner türkischen Bäckerei, ist janz interessant, bin janz alleene, keiner stört mich.
Detlef Gumm/Hans-Georg Ullrich: Aber Sie sind nicht Ihr eigener Chef. **Gerd Dahms:** Det macht nichts. Angestellt, ja. Is keen großer Unterschied, man kriegt wenigstens mehr Jehalt.
Detlef Gumm/Hans-Georg Ullrich: Wie geht es Ihnen gesundheitlich? **Gerd Dahms:** Na, so wie immer. Arterienverschluß in der Vene und in der Aorta is dazujekommen. War'n schöner Schnitt, aber det is janz juut in Ordnung, ick kann wieder besser loofen, muß nich mehr stehnbleiben, hab' keene Schaufensterkrankheit mehr. Ham ja jetzt viele mit den Arterien.
Detlef Gumm/Hans-Georg Ullrich: Was ist denn das, eine Schaufensterkrankheit?
Gerd Dahms: Na, wenn se nich mehr loofen könn', bleiben se stehn und kieken irjend so 'n Jeschäft an, damit's keiner merkt (*lacht*). Na ja, det is die Schaufensterkrankheit.
Detlef Gumm/Hans-Georg Ullrich: Und wie geht es Ihnen und Ihrer Frau jetzt finanziell? **Gerd Dahms:** Na ja. Man muß sich 'n bißchen strecken, aber es geht. Wir können uns nich mehr so viel leisten wie früher, is logisch, aber man is zufrieden. Hilft da mal aus, dann da. Kleenvieh macht ooch Mist, wa? Man is zufrieden, daß man arbeiten kann. Ick fress' zuville in mich rin, meint der Doktor – ick mach mir Sorgen 'n bißchen –, ick kann nüscht dran ändern, det weeß ick, und solange es mir juut jeht ... So sind ja die meisten Deutschen: Die sagen, solange ick zufrieden bin, wat kümmert's mich!

Die Reise nach Auschwitz

Februar 1996: Gerda und Gerd Dahms besuchen zum ersten Mal das Konzentrationslager in Auschwitz. Das Konzentrationslager in Sachsenhausen bei Berlin kennen sie bereits, dorthin waren sie gleich nach dem Mauerfall gefahren. Dennoch bringt der Besuch in Auschwitz beide aus der Fassung. Am Ende hält Gerda Dahms die Konfrontation mit der Massenvernichtung der Juden kaum noch aus. Mehrmals möchte sie, vom Schrecken überwältigt, den Aufenthalt im Konzentrationslager beenden. Sie hat »genug gesehen«.

Eine Mitarbeiterin der Gedenkstätte: Der Doppelstacheldrahtzaun war mit Starkstrom geladen. Im Konzentrationslager Auschwitz-Birkenau befanden sich Massenvernichtungsanlagen: Gaskammern, Krematorien, Verbrennungsscheiterhaufen ...

Gerd Dahms: Ick würde sagen, man muß das mal selber jesehen haben.
Kann ja keiner beschreiben, wenn man das nich selber jesehn hat. – Man muß das jesehn haben. Drüber reden und das erleben, das ist wie Tag und Nacht.

Gerda Dahms: Also, erst muß das Gehirn das mal verarbeiten. Wer weiß, was wir hier noch alles sehn, nee? Und wenn ein Klugscheißer irgendwie wat sagen will, einer, der besonders schlau sein will, dann können wir sagen: Also, wir ham's gesehn! Und wenn wat is, fahr selber hin! Et gibt ja jenug Leute, die sagen: Oh, oh, das war so und so, ham in 'nem Revolverblättchen wat jelesen. Und wir können dann eben sagen: nee.

Gerd Dahms: Es is unvorstellbar. Ick kann nur sagen, jeder, der kann, soll sich das mal ansehn. Die Unterkünfte, das vor allen Dingen, jetzt, bei der Jahreszeit! Ick meine, wir frieren ja schon, und wir sind dick angezogen!
Das is ja menschenunwürdig, kann keiner beschreiben, also, ick weiß gar nich, wie man sowat überhaupt verstehn kann, ... wie groß det is ...

»Der Geschmack ist weg.«
April 1997. Herr und Frau Dahms auf einer Bank im Volkspark.

Gerda Dahms: Wir sind wie Rentner, die auf der Bank sitzen, ne? (*lacht*) Is schön hier.
Detlef Gumm/Hans-Georg Ullrich: Sie haben ja vor einem halben Jahr eine schlimme Nachricht erhalten. **Gerd Dahms:** Na ja, schlimm. **Gerda Dahms:** Na, ick finde das schlimm.
Detlef Gumm/Hans-Georg Ullrich: Ist der Tumor von damals weitergewachsen?
Gerd Dahms: War 'n neuer. Bei den Lymphdrüsen.
Detlef Gumm/Hans-Georg Ullrich: Und jetzt? **Gerd Dahms:** Die sagen immer, es gibt ja so viel Möglichkeiten, was da von 'ner Chemotherapie zurückbleiben kann: Der eene verliert die Haare, der andre ... – jeder is ja ooch anders jebaut. Und bei mir is es jetzt der Hals. **Gerda Dahms:** Chemie. Aber er hat wohl Glück gehabt.
Der Geschmack is auch weg. **Gerd Dahms:** Der is vollkommen weg jewesen seit Dezember. Dann hat man nur immer das jejessen, was man jesehn hat: »Das muß juut schmecken, sieht juut aus«, hat's nich juut ausjesehn, hab' ick's ooch nich anjefaßt. Ja, na, wat soll sein? Damit müssen wir leben. Umwelt is allet verdreckt. Essen verdreckt, allet: Ob's die Rinder sind, die Hühner sind, die Fische sind, man weeß doch heute gar nich mehr, was man ißt! **Gerda Dahms:** Is halt eben so. Den einen trifft's, den andern nicht. Aber er ist noch lange nich dranne. **Gerd Dahms:** Nee. **Gerda Dahms:** Er quält mich noch 'n bißchen. Mindestens 25 Jahre! (*lacht*).

Kapitel 4

Wenn der Mensch, nachdem er hundert Jahre alt geworden, wieder umgewendet werden könnte wie eine Sanduhr und so wieder jünger würde, immer mit der gewöhnlichen Gefahr zu sterben; wie würde es da in der Welt aussehen?
Georg Christoph Lichtenberg

»Zwei Lebensstützen brechen nie, Gebet und Arbeit heißen die.«
Berta Tomaschefski

Berta Boggasch wird am 13.10.1898 in Bottschow-Westernberg, Ostpreußen, geboren. Sie ist die älteste von acht Geschwistern.
Der Vater stirbt 1902, als er bei Rangierarbeiten zwischen zwei Zugpuffer gerät.
1922 bekommt sie ihren einzigen Sohn: »Da bin ich jerade vom Feld jekommen, und da hab' ich jesacht: »Mensch Junge, da biste ja schon«, erinnert sie sich.
In den 30er Jahren zieht die Familie nach Berlin-Wilmersdorf. Ihr Mann, gelernter Schmied, kämpft im 2.Weltkrieg an der Front. Nach dem Krieg errichtet er mit seiner Frau in einer Ruine am Bundesplatz einen Gemüseladen. Ihr Wohnhaus in der nahegelegenen »Wilhelmsaue« ist ausgebombt.
Der Mann arbeitet dann im Berliner Gartenbau und stirbt kurze Zeit später.
Frau Tomaschefski hängt sich einen Sinnspruch an die Wand, der sie bis zu ihrem Lebensende begleiten wird: »Zwei Lebensstützen brechen nie / Gebet und Arbeit heißen die.«
1950 eröffnet sie einen neuen Gemüseladen in der Hildegardstraße, Nähe Bundesplatz. Ihre Mutter stirbt.
1970 wird ihr Urenkel geboren. Mitte der 70er Jahre verkauft sie den Gemüseladen.
1979 stirbt ihr einziger Sohn und 1982 auch die Schwiegertochter.
Berta Tomaschefski stirbt drei Wochen vor ihrem 95. Geburtstag, am 20.9.1993, im St. Gertrauden-Krankenhaus in Berlin-Wilmersdorf.

»Schön ist die Jugend, sie kommt nicht mehr.«
Juni 1987. Berta Tomaschefski, 88, gibt zum ersten Mal in ihrem Leben Filmemachern ein Interview.

Detlef Gumm/Hans-Georg Ullrich: Können Sie sich vorstellen, daß Sie mal ins Altersheim gehen?
Berta Tomaschefski: Ich denke immer, der liebe Gott macht's mit mir gut. Wenn ich nicht mehr kann, dann ist Schluß mit mir, so denk' ich. Ich denke immer: Schön ist die Jugend bei frohen Zeiten. Kann ich vorsingen, ja?

Schön ist die Jugend, sie kommt nicht mehr,
sie kommt, sie kommt nicht mehr,
kehrt niemals wieder her.
Schön ist die Jugend, sie kommt nicht mehr.

Es blühen Rosen, es blühen Nelken,
und aus den Reben floß süßer Wein;
drum sag ich's noch einmal,
schön sind die Jugendjahr.
Schön ist die Jugend, sie kommt nicht mehr.

Aus.
Is' doch schön! War das schön? Is doch schön, »Schön ist die Jugend«!

Berta Tomaschefski hat sich vorgenommen, bis zu ihrem Lebensende zu arbeiten. Sie hat trotz ihres hohen Alters die Hauswartsstelle in ihrem Haus übernommen.

Berta Tomaschefski: Ich fühl' mich ganz jung. Ich denke gar nicht, daß ich alt bin überhaupt, ja wirklich. Also, was ich alles noch mache, das macht kein Mann. Die Männer? Bis die was gemacht haben, da hab' ich das hundertmal gemacht! Tja, meine Kräfte sind eben noch nicht verbraucht!
Freu' ich mich auch!
Detlef Gumm/Hans-Georg Ullrich: Andere sind schon schlechter dran, hat man dann Mitleid, oder was denkt man sich dabei? **Berta Tomaschefski:** Ich muß sagen, ich denk' nur an mich, hoffentlich wirst du nicht alt, denk' ich immer so.

Detlef Gumm/Hans-Georg Ullrich: Und wie stellen Sie sich die nächsten zehn Jahre so vor? Berta Tomaschefski: Jetzt denke ich gar nicht, daß ich irgendwie … Jetzt hab' ich an allem noch Freude … Denk' an jar nischt … Denk' immer: Ich bin noch nicht alt.
Ist doch gut, nicht, wenn man alles noch selber machen kann, ist doch schön, und bei anderen noch helfen kann.

Berta Tomascheski kam während des 2. Weltkriegs aus Ostpreußen nach Berlin. Sie erinnert sich an die Nachkriegszeit, an ihre Arbeit als Trümmerfrau und die ersten Jahre, als sie mit ihrem Mann den Gemüseladen aufbaute, und an die Zeit danach.

Berta Tomaschefski: Also, ich hab' nur gearbeitet. Das waren doch alles nur Ruinen, wir haben doch nischt gehabt. Alles nur Ruinen. Da haben wir dringestanden.
Dann habe ich den Gemüseladen mit meinem Sohn gemacht. Und der starb. Und dann hab' ich ihn alleine gemacht. Und dann kam meine Enkelin ab und an mal. Bis vor sechs Jahren habe ich den Laden selber geschmissen. So lange. Können se hier die ganze Hildegardstraße fragen, die kennen mich alle. Neulich kam jemand, der sagte »Ich muß Ihnen knipsen«, sagte er, auf der Straße, »weil sie noch so fit sind.« Und bin auch sehr beliebt, muß ich mal sagen, überhaupt.
Also ich bin immer gleichbleibend. Ruhig, nicht zänkisch. So wie ich heute bin, so war ich immer.
Mein Mann war auch gut. Ein sehr guter Mann war das. Wir haben gut zusammen-gelebt, und hier haben wir gerade ein Jahr gelebt, in dieser Wohnung.

Brei für zwei – und jede kriegt drei Löffel.

Juni 1987. Berta Tomaschefski hat wie immer für Frau Friedrich, ihre sehr gebrechliche Nachbarin, mitgekocht. Beide kennen sich seit zwanzig Jahren.

Berta Tomaschefski: Na ja, wir sind ja die ältesten Mieter hier. Was ich alles gemacht habe hier, und was ich alles mache! Alleine kann se nicht, und dann mach' ich es eben. Bin ich behilflich.
Frau Friedrich: Ich will nicht ins Heim gehen. Ich will lange zu Hause bleiben.
Berta Tomaschefski: Wenn du genug hast, sagste. Noch 'ne Kartoffel. Komm teilen wir ehrlich. Jeder kriegt drei Löffel. Wenn's nun ein bißchen weniger ist, dann kriegst du ein bißchen weniger. Ich krieg 'n bißchen mehr, weil ich die Arbeit habe. Da haben wir doch noch was von gestern! Kommt die Soße drüber. So bedien' ich se von hinten und von vorn.
So, kriegste 'ne Schürze drüber, daß du dich nicht vollkleckerst, so, nun iß mal!
Und dann setz' ich mich auch hin, und dann essen wir, und dann erzählen wir so ein bißchen. Sie wird doch von mir gut verpflegt, und was se für ein Essen kriegt immer! Abends sind wir auch immer zusammen, sie kann gar nicht anders.
So, jetzt räumen wir wieder ab. Und jetzt essen wir noch unser Kompott nach.
Sag' wirklich mal, wie schön ich dich betreue und wie's Essen schmeckt. Das Essen schmeckt immer gut, das Frau Tomaschefski dir kocht, ja, sag's mal!
Frau Friedrich: Was? Berta Tomaschefski: Daß es gut schmeckt, was Frau Tomaschefski kocht.

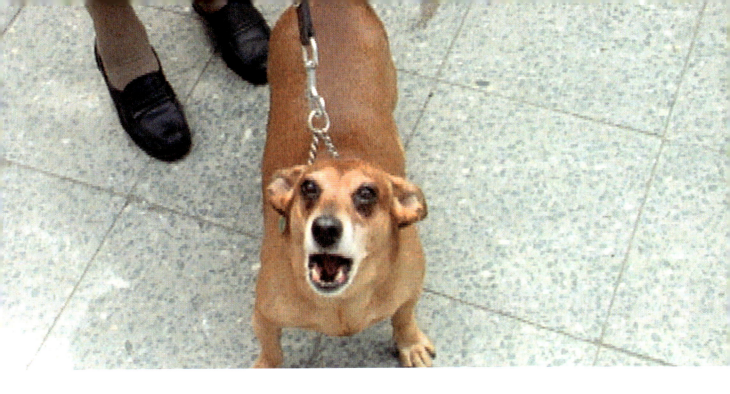

Detlef Gumm/Hans-Georg Ullrich: Können Sie sich denn vorstellen, daß Sie mal von anderen gepflegt werden? *Berta Tomaschefski:* Das kann ich mir vorstellen, daß ich keinen habe.

Detlef Gumm/Hans-Georg Ullrich: Bekommt man da manchmal Angst, wenn man darüber nachdenkt? *Berta Tomaschefski:* Ich hab' noch keine Angst, sag' ich Ihnen doch, ich hab' keine Angst. Ich denke: Ich werd nicht alt, ich kann mein Leben lang so rumackern.

Wilmersdorfer Witwen

Sommer 1987. Berta Tomaschefski trifft sich gerne mit Frau Fett. Die Offizierswitwe hat, im Gegensatz zu ihr, noch manches Markstück im Sparstrumpf. Sie hat keine besonders gute Meinung von der Welt heute; von den Menschen rund um den Bundesplatz hält sie besonders wenig.

Berta Tomaschefski: Und das ist meine Frau Fett. *Frau Fett:* Ich bin nicht dafür, die Leute zu schildern, aber früher waren die Leute besser, hatten mehr Herz.
Ich geh so und denke – weil ich mit dem Rücken so zu tun habe, dem Armbruch auch noch, und eins ist so nach dem andern gekommen –, da kommt 'ne Mutter aus besserem Herkommen, zwei Kinder am Arm. Sagen die: »Mutti, guck mal, da läuft der alte Wackelarsch.« »Ja, der olle Wackelarsch, der muß sich hier auch rumtreiben«, sagt die Mutter zu die Kinder. Das war die Bildung. Da hatte ich die Nase voll. Denk ich, du wohnst in Wilmersdorf, wo das bessere Volk wohnt – da wohnt auch Bruch.
Jetzt hab' ich was erzählt, das kann ich gar nicht verantworten …

Wissen Sie, die Leute haben 'ne Antipathie gegen alte Leute – im Durchschnitt. Ich bin chronisch darmkrank. **Berta Tomaschefski:** Wird alles wieder gut.
Frau Fett: Und ich esse nur aus der Apotheke. Die Nervenpille muß ich selbst bezahlen und meine Gallenpille auch. Zwanzig Jahre ist mein Mann tot. Ja, wenn mein Mann das ahnte, daß es seiner Frau mal so schlecht geht.
Mit der Hilfe ist das ja auch so schlecht, deswegen bin ich ja so froh, daß Sie einsprangen und sich mir angenommen haben. **Berta Tomaschefski:** Hoffentlich werden Sie mir nicht untreu! Daß Sie mich Ihr Leben lang behalten! So lange wie Sie leben, will ich bei Ihnen bleiben. **Frau Fett:** Ja doch. Alle anderen sind Nebensache. Wer bis zuletzt an meinem Bett sitzt, kriegt den Dreck. **Berta Tomaschefski:** Muß alles schriftlich sein, sonst hat's keinen Zweck, sonst kriegt's gar keiner.

6 aus 49
Winter 1987/88. Berta Tomaschefski will sich nicht auf die Erbschaft der Offizierswitwe Fett verlassen. Sie spielt Lotto.
Berta Tomaschefski: Dreie hab' ich schon mal gehabt, aber nicht mehr. Hoffentlich kommt's jetzt. Mal muß es ja.
Detlef Gumm/Hans-Georg Ullrich: Was würden Sie denn mit dem vielen Geld machen? **Berta Tomaschefski:** Geburtstag feiern nachher. Hoffentlich kommt's vorher.

Frau Fett läßt nichts zurück.
Januar 1988. Frau Fett ist gestorben. Berta Tomaschefski und Frau Richter besuchen ihr Grab.
Berta Tomaschefski: Wir sind hingekommen, da lag sie in der Diele, na ja, und wir konnten nicht rein. Da mußten wir die Polizei holen, die Feuerwehr, die haben sie dann weggebracht. Oberschenkelhalsbruch hat sie gehabt, und dann das Bein gebrochen. Und dann ist se operiert worden.
Bin jeden Tag bei ihr dagewesen, hat se sich gefreut, daß ich immer da war, und erben sollte ich alles gleich. Sollte 'n Bleistift holen im Krankenhaus und Papier, und alles sollt' ich kriegen, weil ich ihr Engel war.

Ach, wir wollten ja alles machen, aber se is doch vorher gestorben. Hatten uns verabredet und was alles, und konnten doch nicht mehr.
Detlef Gumm/Hans-Georg Ullrich: Und wo geht das jetzt hin, ihr Vermögen? **Frau Richter:** Nachlaßverwalter wahrscheinlich. **Berta Tomaschefski:** Sie hat ja keinen.
Detlef Gumm/Hans-Georg Ullrich: Hätte das denn viel gewesen sein können? **Berta Thomascheski:** Was, das Geld? In der Wohnung meinen Sie? **Frau Richter:** 13 000 hat se auf dem Sparbuch gehabt. **Berta Tomaschefski:** In der Wohnung habe ich mit ihr mindestens 2000 in die Kassette gelegt. Das sollte ich gleich mitnehmen, wenn sie mal ins Krankenhaus geht.
Detlef Gumm/Hans-Georg Ullrich: Sie hat auch nichts Schriftliches hinterlassen? **Berta Tomaschefski:** Ach wo, hat se nicht, hat se mir überlassen. Wollt' se immer machen. Die Woche drauf, sagt sie, gehen wir auf die Bank, und denn kriegen Sie 'ne größere Summe. Ach, was wollten wir noch alles machen mit ihr.
Wollen wir ihr die Blümchen rauflegen, wa? Hat se noch 'n paar Blümchen zuletzt.

»Im schönsten Wiesengrunde« I
Oktober 1988. Berta Tomaschefski wird 90 Jahre alt. Auch der Bürgermeister von Wilmersdorf läßt gratulieren.

Stellvertreterin des Bürgermeisters: Herzlichen Glückwunsch im Namen des Herrn Bürgermeisters! **Berta Tomaschefski:** Heute komm' ich nicht zu Verstand. Jetzt sind wir 50 Leute. Gefeiert haben wir immer, aber nicht so groß. Und der Neunzigste, der wird eben groß, weil ich denke, es wird der letzte. Ich möcht' ja gern noch ein paar Jahre machen, wenn ich gesund bleibe, aber es kann auch der letzte sein, nicht?

Aus dem Radio erklingt ein Geburtstagsständchen für Berta Tomaschefski. Sie singt mit.

Im schönsten Wiesengrunde ist meiner Heimat Haus,
Da zog ich manche Stunde ins Tal hinaus.
Dich, mein stilles Tal, grüß' ich tausendmal!
Da zog ich manche Stunde ins Tal hinaus.

Muß aus dem Tal jetzt scheiden, wo alles Lust und Klang;
Das ist mein herbstes Leiden, mein letzter Gang.
Dich, mein stilles Tal, grüß' ich tausendmal!
Das ist mein herbstes Leiden, mein letzter Gang.

Sterb' ich, in Tales Grunde will ich begraben sein;
Singt mir zur letzten Stunde beim Abendschein:
Dich, mein stilles Tal, grüß' ich tausendmal!
Singt mir zur letzten Stunde, beim Abendschein.

Berta Tomaschefski: Die wundern sich alle, daß ich so fröhlich bin, in dem Alter, ja? Und alle kennen mich noch von dem Laden hier unten, den ich ja beinah 30 Jahre hatte, und wie fleißig ich war.
Und jetzt betreue ich noch das ganze Haus, dazu die kranke Frau Friedrich da unten, aber die kommt jetzt ins Heim. Jetzt hab' ich frei, jetzt hab' ich die Zeit für mich.

»Im schönsten Wiesengrunde« II

Juli 1989. Berta Tomaschefski besucht mit Frau Richter Frau Friedrich im Altenheim. Die Verständigung mit der nun altersschwachen Freundin ist kaum noch möglich.

Berta Tomaschefski: Ach, du freust dich! Ja, so ist das richtig. Und wenn jetzt mein Geburtstag ist, dann kommst du nach Hause. Dann kommst du bei mir zum Kaffee. Was hast du gesagt? Schön schau ich aus? Ja klar, wenn ich hierherkomme, muß ich mich ja auch hübsch machen, nicht? Geht doch ganz gut mit ihr, nicht? **Frau Richter:** Mit so einem Alter wie Frau Friedrich wäre ich schon zufrieden.
Berta Tomaschefski: Aber sie ist ein bißchen jünger wie ich. **Frau Friedrich:** Ja, 86.
Berta Tomaschefski: 86. Na ja. Du hast es ja jetzt hier schön, nicht? Und ab und zu komm' ich dich besuchen, dann ist es genauso, wie es bei uns zu Hause immer war, nicht? Aber du mußt dich immer freuen, wenn ich komme! Wenn du dich nicht freust, komm' ich nicht mehr.
Jetzt sing ich dir noch ein Lied vor:

Am Brunnen vor dem Tore, da steht ein Lindenbaum;
Ich träumt' in seinem Schatten so manchen süßen Traum.
Ich schnitt in seine Rinde so manches liebe Wort.
Es zog in Freud und Leide zu ihm mich immerfort,
Zu ihm mich immerfort.

Ich mußt' auch heute wandern vorbei in tiefer Nacht;
Da hab' ich noch im Dunkeln die Augen zugemacht.
Und seine Zweige rauschten, als riefen sie mir zu:
»Komm' her zu mir, Geselle! Hier find'st du deine Ruh!
Hier find'st du deine Ruh!«

Die kalten Winde bliesen mir grad ins Angesicht;
Der Hut flog mir vom Kopfe, ich wendete mich nicht.
Nun bin ich manche Stunde entfernt von jenem Ort,
Und immer hör' ich's rauschen: »Du fändest Ruhe dort!
Du fändest Ruhe dort!«

Weltgeschichte

1989, der letzte August im geteilten Berlin. Wie jedes Jahr kommen Verwandte von Berta Tomaschefski aus dem Saarland zu Besuch. Dann geht sie mit ihnen zur Mauer, ihr jährlicher Ausflug an die deutsch-deutsche Grenze.

November 1989.
Berta Tomaschefski verfolgt mit ungläubigen Augen die Nachrichtenbilder von der Öffnung der Mauer in Berlin.
Berta Tomaschefski: Es ist ja gut, daß die Mauer weg ist, daß wir fahren können, wie wir wollen, aber … **Frau Richter:** … Hab' ich nie dran gedacht, daß die mal weg kommt, nie und nimmer! Na ja, man wußte nie, wie es kommt – in unsrem Alter. **Berta Tomaschefski.** Tja.

Einsame Witwen

Detlef Gumm/Hans-Georg Ullrich: In ihrer Generation sind die Männer zum größten Teil tot. **Frau Richter:** Ja, viele sind ja im Krieg geblieben, sind ja gar nicht mehr rausgekommen aus dem Krieg. Wenn die Kapelle dann gespielt hat »Muß i denn, muß i denn zum Städtele hinaus«, wurde mir immer ganz anders zumute. Dann sind se weggerannt und nicht mehr wiedergekommen.
Manchen Abend ist man sehr einsam. Dann geht man ein bißchen raus auf die Straße, damit man ein paar Leute sieht. **Berta Tomaschefski:** Also, das kann ich nun nicht sagen, einsam bin ich nun überhaupt nicht! **Frau Richter:** Du nicht, aber ich! **Berta Tomaschefski:** Du hast überhaupt keen Kind gehabt, was? **Frau Richter:** Nee, ich hab'

keine Kinder gehabt. In der Jugend hat man nicht gewußt, der Krieg, kommt er nun wieder oder nicht – und nachher, denn war es zu spät. Du wolltest kein Kind: Bleibt der Vater im Krieg, weißt du später gar nicht, wie du das großziehen sollst – nachher. **Berta Tomaschefski:** Nun trink mal noch'n bißchen Kaffee. Komm, gieß dir auch noch'n bißchen ein. **Frau Richter:** Nee, danke. Ich hab' noch drin. **Berta Tomaschefski:** Das sind die besten, die nicht wollen. Dann reicht er noch für heute abend. **Detlef Gumm/Hans-Georg Ullrich:** Mit wieviel müssen Sie denn auskommen im Monat? **Frau Richter:** Wenn alles abgeht, hab' ich so meine 350 Mark. Was soll's, man muß ja mit leben; oder soll ich zum Sozialamt gehen und betteln? Nee, das mach' ich nicht. Das mach' ich nicht. Und wenn ich mich danach einrichte oder nebenbei 'n bißchen arbeiten gehe, aber zum Sozialamt, wie die anderen, geh' ich nicht hin – was eigentlich Quatsch ist, aber ich hab' auch meinen Stolz. **Berta Tomaschefski:** Die haben, die gehen. Die armen Leute bleiben arm, und die anderen bleiben reich.

Angeschubst oder: »Symbiose«
Mai 1990. Berta Tomaschefski ist beim Friseur. Zufällig trifft sie dort auf den Lebenskünstler Reimar Lenz.

Friseur: Erst mal kommt 'ne Packung drauf, nicht? Und dann schneiden wir ein bißchen.
Berta Tomaschefski: Ja, das war doch so schön, das letzte Mal, haben viele gesagt.
Friseur: Letztes Mal hatten wir ja auch die Pferdemarkpackung drauf. Sind sie jetzt richtig trocken? **Berta Tomaschefski:** Ja, ja, nun machen se mal!

Reimar Lenz: Ist nett, daß wir uns hier mal wieder treffen. Diese Filmleute wollen ja unbedingt eine Nachbarschaft filmen in Wilmersdorf. Aber Nachbarschaft gibt's nicht viel. Berta Tomaschefski: Gibt's nicht viel?
Reimar Lenz: Gibt's nicht viel zu filmen. Ich meine, im Grunde lebt ja jeder vor sich selbst hin, ja?
(*zum Friseur:*) Das ist die Frau, die mir immer das Angeschubste verkauft hat. Das alte Gemüse, das man noch ganz gut verwenden kann, das hat die nicht weggeschmissen. Da hab' ich meine Suppe von gemacht. Berta Tomaschefski: Ich hab' Sie richtig versorgt. Reimar Lenz: Schon deshalb bin ich ihr ewig verbunden. Ja, soll man, wenn so'n Gemüse kleine Fallstellen hat, soll man das sofort wegschmeißen? Ist ja Unsinn. Berta Tomaschefski: Ich hab' das immer weggelegt. Reimar Lenz: Das nennt man eine Symbiose! Berta Tomaschefski: Das würden die heute nicht machen. Reimar Lenz: Nee, nee. Weit entfernt, denken die gar nicht dran. Berta Tomaschefski: Ich war eben ein wunderbarer Mensch. Reimar Lenz: Aber einen ostpreußischen Dickkopf haben Sie auch. Friseur: Hören Sie es donnern? Das ist sehr schlecht mit dem Nachhausekommen! Berta Tomaschefski: Ach, kleines Stück, da renn' ich doch, da bin ich doch gleich da.

Mai 1990. Berta Tomaschefski singt in der Küche wieder ihr Lieblingslied »Schön ist die Jugend« und dreht sich dazu im Tanz. Detlef Gumm/Hans-Georg Ullrich: Und das machen Sie jeden Morgen? Berta Tomaschefski: Na – jeden Morgen nicht. Immer wie ich lustig bin. Meist mach' ich das so alleine für mich. Immer so in Bewegung, nicht? Das ist so, auch wenn abends Fernsehen ist und so was Schönes ist, dann tanze ich alleine hier herum. Ja, das muß ich machen.

»Wie lange sollen sie denn leben, die Alten?«

Sommer 1991. Berta Tomaschefski war nach einem Schwächeanfall ins Krankenhaus eingeliefert worden, Diagnose: Herzrhythmusstörungen. Nun ist sie wieder in ihrer Wohnung und erhält Besuch von ihrem Hausarzt.

Der Arzt: Wie geht es Ihnen? **Berta Tomaschefski:** Gut.

Der Arzt: Gut??? **Berta Tomaschefski:** Gut! Na ja – Der Schwindel ist weg, und was sollte denn weiter sein!?

Der Arzt: Ganz weg? **Berta Tomaschefski:** Merke nichts mehr. Ist so wie immer. Mir ging's ja nie schlecht, kann ja nicht sagen, daß es mir schlecht ging …

Der Arzt: Doch, in der Klinik schon, in den ersten Tagen. **Berta Tomaschefski:** Ooch nicht.

Der Arzt: Doch. Zumindest die Kollegen haben mir das gesagt und Ihre Enkelin. **Berta Tomaschefski:** Meine Enkelin? Die hat sich ja nur mit dem Doktor unterhalten, die wollte ja, daß ich – die hat mich ja krank gemacht! Und wenn mich meine Enkelin nicht ins Krankenhaus geschafft hätte, dann wäre ich ja gar nicht…

Der Arzt: Nee, Frau Berta Tomaschefski, Sie haben Rhythmusstörungen gehabt, ja, natürlich! Darum hat man Ihnen vorgeschlagen, daß Sie einen Herzschrittmacher bekommen! **Berta Tomaschefski:** Der ist bei mir keine Minute drin, den mach' ich gleich wieder raus.

Der Arzt: Die machen das aber nicht zum Vergnügen. **Berta Tomaschefski:** Dann sollen se das jungen Leuten machen und nicht so alten wie mich.

Der Arzt: Aber ein Schrittmacher ist doch nicht für junge Leute! Junge Leute brauchen das nicht. **Berta Tomaschefski:** Aber die Alten brauchen keinen mehr.

Der Arzt: Umgekehrt. **Berta Tomaschefski:** Wie lange sollen die denn leben, die Alten?

Der Arzt: Aber jetzt geht es Ihnen ja ganz gut, nicht? Bald können Sie wieder rausgehen und laufen. **Berta Tomaschefski:** Na, ich geh' ja schon wieder raus! Hab' ja schon den Garten wieder geharkt.
Der Arzt: Was haben Sie? **Berta Tomaschefski:** Den Garten wieder geharkt ein bißchen …
Der Arzt: Wann denn? **Berta Tomaschefski:** Na, jeden Morgen ein bißchen. Wir sollten doch einen neuen Hauswart kriegen am Ersten, und der ist ja nicht gekommen.
Der Arzt: Sie können es nicht lassen, ich weiß es ja. Okay, ich melde mich bald wieder. Ich spreche mit Ihrer Enkelin, und dann melde ich mich. **Berta Tomaschefski:** Ja, die freut sich.

Oktober 1991. Berta Tomaschefski wird jetzt 93 und ist nun sichtbar hinfällig. Dennoch läßt sie das Arbeiten nicht sein. Langsamer als früher, doch genauso gründlich versieht sie ihren Job als Hauswartsfrau, schrubbt die Treppen, putzt die Flurfenster und beseitigt den Müll, den andere im Hinterhof hinterlassen.

Berta Tomaschefski: Das können sie ja nicht machen! Schmeißen das hier alles her, und ich kann sehen, wie ich das wieder geputzt kriege. Wie die Mieter die großen Pappen hierher schmeißen – das müßten sie selber kaputtmachen! Nee, schmeißen alles hierher, und ich hab' die Arbeit.

»Im schönsten Wiesengrunde« III

Oktober 1991. Frau Richter und Berta Tomaschefski suchen auf dem Friedhof nach dem Armengrab von Frau Friedrich. Sie hatte keine Angehörigen, Geld für ein normales Grab war nicht mehr da. Eine Weile sind beide ganz ratlos, weil sie nicht wissen, wohin sie die mitgebrachten Blumen legen sollen.

Berta Tomaschefski: Man hat direkt auf dieses Denkmal da geguckt, wenn man da gestanden hat. Da fing's an: eins, zwei, und sie hatte die dritte Urne, und denn ging's immer weiter – die Reihe müßte schon voll geworden sein. Frau Richter: Ich würde sagen, wir legen die Blumen irgendwo hin und denn …

Berta Tomaschefski: Hier müßte das sein – hier! Das war hier die erste Reihe. Wie sie hierher kam, da war das alles noch nicht da.

Friedrich war mein bestes Stück, war mit allem so zufrieden, war wunderbar. Von Friedrich kann man sagen: Nur gute Erinnerungen! Sie war immer froh, wenn ich kam, nicht? Frau Richter: Dann müssen wir hier die Blumen hinlegen.

Berta Tomaschefski: Das dritte wäre da, wo hier die Blumen stehen. Frau Richter: Na, da ist ja schon voll, da kannste ja nichts hinlegen. Na, da muß du's hier hinlegen.

Berta Tomaschefski: Aber, wo keener ist, da kannst du doch auch nichts hinlegen!

Frau Richter: Ja, die Urne ist doch u n t e r m R a s e n.

Berta Tomaschefski: Ach, die ist unterm Rasen! Na, denn werd' ich sie hier hinlegen, so, da weiß ich, da ist se.

Aber so möchte ich nicht beerdigt werden. Ein richtig schönes, richtiges Grab möchte ich haben – damit ich weiß, für was ich gearbeitet habe!

Frau Richter: Da liegen doch schon welche! Du mußt sie hierhin legen!

Na, denn leg' sie da hin, von mir aus, mach, was du willst. Ich leg' jetzt meine hierhin.

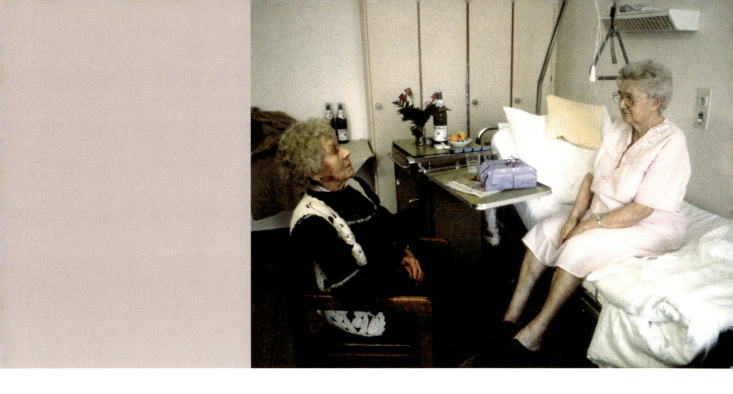

Advent 1991. Berta Tomaschefski besucht ihre Freundin Frau Richter im Krankenhaus.

Frau Richter: Hat sich wieder schick gemacht heute, die Dame, in Schwarz! **Berta Tomaschefski:** Was sagst du? Kommst gleich raus. Kommst gleich mit nach Hause jetzt?
Frau Richter: Wäre nicht schlecht. Ich würde lieber heute rausgehen als morgen. **Berta Tomaschefski:** Bis zu den Feiertagen bist du wieder zu Hause.
Frau Richter: Ich werde keine Medikamente mehr einnehmen, ich kriege Magenschmerzen davon. **Berta Tomaschefski:** Na, wenn se dir helfen, is das ja gut!
Frau Richter: Der Magen nimmt ja nischt mehr an, keine Tabletten. Der weigert sich, so was anzunehmen. Die Stulle geht ooch nicht mehr runter. Schön, wenn man abnimmt, aber so … **Berta Tomaschefski** (*singt*): »O du fröhliche …«

»Sie war keine einfache Frau.«

Oktober 1993. Berta Tomaschefski ist, veranlaßt durch ihre Enkelin, ins Krankenhaus gekommen und ist dort gestorben. Bei der Beerdigung finden sich auch Bewohner vom Bundesplatz ein.

Der Pastor: Liebe Trauergemeinde, wir sind hier zusammengekommen, um Abschied zu nehmen von Frau Berta Tomaschefski. … Die letzten Monate und Wochen waren nicht leicht. Sie war keine einfache Frau. Sie setzte ihren Willen durch über dies und jenes und gerade anders, als die Pfleger es wollten. So ist sie dann doch gegen ihren Willen ins Krankenhaus gekommen, dort in Frieden eingeschlafen.
Jeder, der in der Gegend des Bundesplatzes gelebt hat, kannte sie, denn sie war ein Original. Wir wollen nun ihre Asche begleiten auf dem letzten irdischen Weg und sie zur letzten Ruhe bestatten.

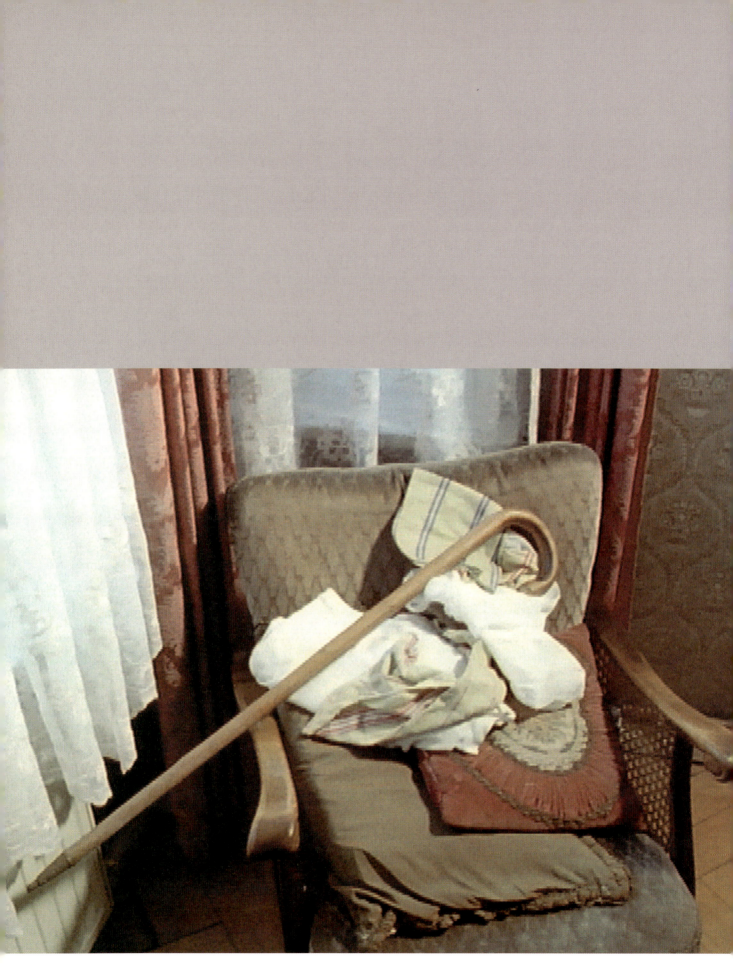

Der Nachlaß und die Enkelin

Die Enkelin: Die Sachen werden abgeholt. Erben wollte ich nicht. Ich löse auf, und damit hat sich die Sache. Mit der Erberei ist das so ein Problem. Das haben wir einmal gemacht, und ein zweites Mal nicht mehr.
Da ist nichts mehr zu erben.
Detlef Gumm/Hans-Georg Ullrich: Wie war das gewesen: Sie wollte doch eigentlich nicht ins Krankenhaus? **Die Enkelin:** Das brachte mir doch nichts. Was sollte ich denn machen? An diesem bewußten Sonnabend sagt sie: »Ich geh' nicht, dann mußt du bei mir bleiben!« Aber ehe ich eine Ehe auf's Spiel setze, da geht lieber eine alte Dame ins Krankenhaus. Oder sehen Sie das anders?

Andenken

Frau Richter, die zuletzt am Krankenbett von Berta Tomaschefski stand und ihre Freundin nur wenige Monate überlebt hat:
Na ja, wat soll's, alles vorbei.

April 1997

Die Enkelin: In der Zeit, bevor sie krank geworden ist, war sie 'ne ganz liebe Oma. Ich habe zu ihr 'ne gute Erinnerung. Und ich habe zu ihr 'ne schlechte Erinnerung. Also, wenn man mit ihr alleine war, dann war sie mehr garstig als nett, nicht? Und 'n bißchen böse, will ich mal sagen – dann war se recht drahtig. Sie hat mir angeboten, sie haut mir 'n paar ins Gesicht, und dann hab' ich die Brille abgenommen und hab' zu ihr gesagt: »Na bitte, denn hau doch, dann bist du in den nächsten zehn Minuten weg!«

> Ich hatte mich danach erkundigt und hab' gesagt, ich möchte wissen, wie das ist, wenn sie mir böswillig was ins Gesicht haut, wie das dann werden soll, und da haben sie zu mir gesagt, dann brauchen Sie uns nur anrufen, dann holen wir se ab, und dann kommt se ins Heim.

Sommer 1997

Der neue Hauswart über seine Vorgängerin Berta Tomaschefski:

> Sie war immer lustig, hat immer viel gesungen und Witze erzählt, und im Prinzip kann man sagen, daß sie immer lebensfreudig war. Konnte passieren, was wollte, sie hatte immer 'nen lockeren Spruch auf der Lippe.
>
> Sie hatte immer irgend was zu tun, mit dem Putzeimer und dem Lappen durchs Haus gehen und hier was machen und da was machen. Für ihr Alter war das ja erstaunlich.

Die beiden Großnichten von Berta Tomaschefski erinnern sich.

> **Erste Großnichte:** Wir wollten immer, daß sie mal zu uns kommt, daß sie uns besucht. Aber das hat sie nie geschafft, weil sie immer Verpflichtungen hatte: »Nein, ich kann das nicht, ich muß dem etwas sagen, muß da machen«, sie wollte eigentlich nie – das heißt, sie wollte schon, aber es hat nie planmäßig hingehauen, sie hatte immer andere Verpflichtungen halt. Ich seh' sie immer vor mir, wenn wir auch dort übernachtet haben, wie sie morgens, wenn wir sagten, wir gehen Brötchen holen, sagte: »Nein, nein, laß das mal, ich mach' das schon, ich muß sowieso, ich bring' das alles mit, ich geh' Schrippen kaufen.«
>
> **Zweite Großnichte:** Also, ich find's auch schlimm. Wir wußten auch gar nicht, daß sie im Krankenhaus war, wir hatten gar keine Ahnung. Wir haben dann bei der Enkelin angerufen, weil wir wissen wollten, was da ist, da sich niemand bei ihr gemeldet hat, und dann hieß es: Ach, die ist doch schon 14 Tage tot. Also, die hat es noch nicht mal für nötig gefunden, uns Bescheid zu geben.

Der Gemüsehändler, der den Laden von Berta Tomaschefski übernommen hat:

> Relativ günstig hab' ich den Laden erstanden, das geb' ich zu, aber er war sehr renovierungsbedürftig.
>
> Die Frau Tomaschefski, die kann man nicht vergessen, das war ja ein Unikum, ein Faktotum. In ihrem hohen Alter hat die morgens, wenn ich kam, um drei schon Schnee gefegt, wenn es nötig war. Und hat schon früh für andere eingekauft, ältere Leute be-

tudelt, sag' ich mal. Eingekauft und besorgt, jemacht und jetan. Immer 'n Spruch auf den Lippen, so ein bißchen Kodderschnauze, aber trotzdem war sehr viel Herz dahinter.

Ein Pfleger, der sich um Berta Tomaschefski während ihrer letzten Lebensmonate kümmerte:

Als ich sie kennenlernte – ich kann mich noch ziemlich genau dran erinnern, wir waren gerade noch am Umziehen hierher –, da kam sie aus dem Hof, und zwar sehr schnell und sehr flott, und ich hab' mich bei ihr vorgestellt, das fand sie auch sehr nett, und ich hatte ihr damals gleich gesagt, daß wir uns mit Krankenpflege beschäftigen, und wenn sie diesbezüglich Probleme hätte, dann könne sie gerne zu uns kommen. Nachher war es dann so, daß sie doch zunehmend hinfälliger wurde, aber ihre Arbeit hat sie nie vergessen dabei. Sie kam immer an und fragte, ob ich mal schnell ihre Leiter umstellen könnte, sie stand immer noch da oben an dem großen Fenster auf der obersten Stufe und hat da die Fenster geputzt, konnte dann aber die Leiter nicht weiterschleppen. Ich muß sagen, ich erinnere mich eigentlich ganz gerne an diese Frau.

Der Gemüsehändler:

Sie hatte im Oktober Geburtstag. Dann sind wir immer raufgegangen. Meine Frau hat 'n Obstkorb gemacht und eine Geschenkkarte dazu, und dann haben wir ein Glas Sekt getrunken, und dann hat sie sich immer rausgeputzt, ein Sonntagskleid angezogen; sonst lief sie in der Kittelschürze rum. Ihre Wohnung war immer sehr sauber, das muß ich betonen.

Der Pastor, der Berta Tomaschefski beerdigt hat:

Also Häuser, die man ganz besonders besucht hat, irgendwelche Türschilder oder so was, daran erinnere ich mich. Aber Menschen? Ja, wenn man sie gesehen hat und mit ihnen gesprochen hat, dann ist das eine ganz persönliche Atmosphäre, – aber oft ist nach drei, vier Jahren die Erinnerung weg.

Kapitel 5

Die Romantik ist weg und kommt niemals wieder, damit müssen wir alle heutzutage rechnen.
		Alfred Döblin

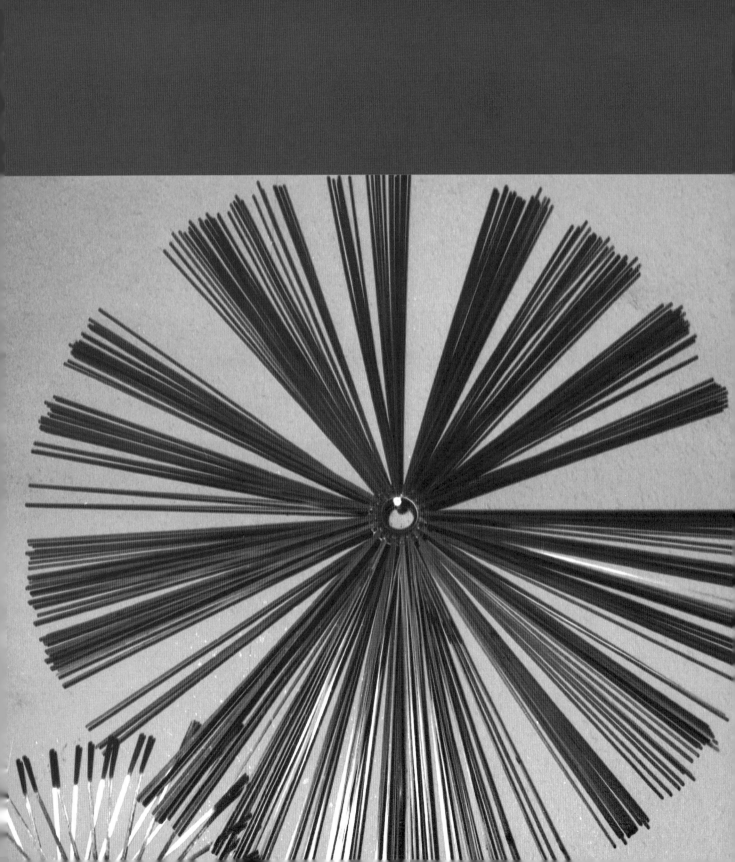

»Spaß und Spiel kosten nicht viel.«
Michael Creutz

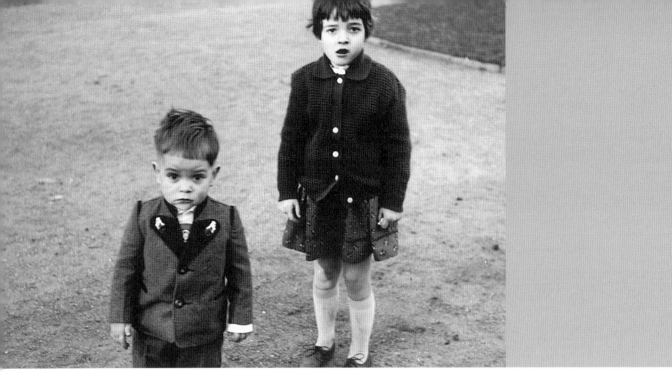

Michael Creutz wurde 1961 geboren. Der Vater war von Beruf Postbeamter, die Mutter Löterin, danach Putzfrau im Urban-Krankenhaus in Berlin-Kreuzberg. Michael Creutz ist das vierte von insgesamt sechs Kindern und ist der erste Sohn. Sein Bruder wird später bei ihm die Ausbildung zum Schornsteinfeger machen. Die vier Schwestern findet Michael im nachhinein allesamt etwas »beziehungsgestört« und in der Gefahr, »altjüngferlich« zu werden.
1971, als Michael in der 5. Klasse ist, zieht die Familie in ein Hochhausviertel nach Spandau. Der Abschied von Kreuzberg ist ihm schwergefallen: An das Spielen in den Hinterhöfen und zwischen den Straßenbahnschienen denkt er gerne zurück. Spandau, sagt er lächelnd, das war der Aufstieg: »Fließend warm Wasser aus der Wand! Ab da war jeder Tag Badetag!«
Schornsteinfeger zu werden, sagt Michael Creutz, war eine Entscheidung aus dem Bauch heraus. 1977, nachdem er die Schule mit der mittleren Reife beendet hat (»Schule war immer Streß«), will er Kraftfahrzeug-Mechaniker werden. Vierzehn Tage nach dem Schulabschluß sieht er im Fernsehen einen Film über Schornsteinfeger und entscheidet sich um: »Das war meine Inspiration. Körperliche Arbeit, der Kontakt zu den Kunden, das gute Ansehen und viel an der frischen Luft, das war's.« Früher seien die Schornsteinfeger entweder kurz vor oder kurz nach der Pensionierung gestorben. »Bestimmt hatten sie Lungenkrebs. Da war ja auch der Umweltschutz noch kein großes Thema. Heute ist das ganz anders.«
Im Herbst 1987 nimmt Michael Creutz plötzlich Reißaus und verschwindet für ein halbes Jahr aus Berlin. Er will an seinem Traumziel Los Angeles neu anfangen.
Nach einem halben Jahr USA ist der Traum vom Neubeginn ausgeträumt: »In wenigen Monaten war alles wie in Deutschland. Die Freunde, die Wohnung, die Arbeit – alles wie hier. Danach lautete mein Ziel: Wenig arbeiten und mein eigener Chef sein. Und das habe ich erreicht.«
Wegen seines Aussehens wird Michael Creutz schon früh zum Schwarm vieler Mädchen. Aber binden will er sich lange Zeit nicht. Heute lebt er mit seiner Freundin Susanne unverheiratet in einem gemieteten Einfamilienhaus. Sie stammt aus der Gegend um Hamburg und liebt Pferde über alles. Seit 1997 haben sie ein Kind, Madita. Michael Creutz hätte gerne noch mehr Kinder, drei oder vier: »Ich suche die Harmonie, eine große Familie, und wäre auch gerne das Familienoberhaupt.«

Seine Freundin Susanne möchte möglichst bald wieder arbeiten gehen. Sollten sie ein zweites Kind bekommen, wird daraus natürlich nichts.

Auf den Dächern von Berlin
April 1987. Michael Creutz, 26, seit zehn Jahren Schornsteinfeger, bereitet sich auf den täglichen Rundgang über die Dächer vor.

Michael Creutz: Der Zylinder ist Tradition, einfach nur Tradition. Normalerweise müßte man einen Helm tragen, Unfallverhütungsvorschrift, sieht aber nicht so gut aus. Mein erster Bezirk war Berlin-Zehlendorf. War ein schöner Bezirk. Viele reiche Leute. Gab's immer viel Trinkgeld zu Weihnachten und Neujahr. Da hab' ich schon als Lehrling ganz gut verdient.

Detlef Gumm/Hans-Georg Ullrich: Wie stellst du dir dein Leben in fünf Jahren vor?

Michael Creutz: In fünf Jahren brauche ich noch zirka weitere fünf Jahre, um Bezirksschornsteinfeger zu sein. Tja, und dann hab' ich einen Betrieb, hab' ich einen Angestellten, vielleicht noch 'nen Lehrling, hab' ein recht gutes Einkommen, dann stell' ich mir mein Leben noch besser vor als jetzt.

Michael Creutz träumt sich fort.
Frühjahr 1987. In einem Berliner Biergarten.

Michael Creutz: Was mir zu meinem Glück fehlt, das kann ich genau sagen: Eine nette junge Dame – muß natürlich ein bißchen was mitbringen in die Ehe (*lacht*) – und vielleicht zwei Kinder.
Und dann arbeite ich ja seit zehn Jahren, da sage ich mir: Ich möchte noch was erleben in meinem Leben, damit ich nicht nur Arbeitnehmer bin. Ick habe mir ein bißchen Geld gespart, verkaufe mein Auto, geb' alles auf und werde im September nach Kalifornien fahren, für ein halbes Jahr, Minimum.

Detlef Gumm/Hans-Georg Ullrich: Wenn es nötig wäre, welche Jobs, könntest du dir vorstellen, nimmst du dann dort an? **Michael Creutz:** Tellerwäscher (*lacht*). Vielleicht irgendwie in 'ner Bar oder so, weeßte, hinterm Tresen. Vielleicht ein paar Hamburger

machen oder so. Ich kriege ja auch keine Arbeitserlaubnis, da muß ich ja auch alles schwarz machen, illegal. Ich hab' ja schon mal phantasiert: Hollywood, Beverly Hills – daß ich vielleicht mal als Statist, daß ich da irgendwie in eine ganz kleine Nebenrolle reinrutschen kann, durch Bekannte, die ich da kennenlerne. Aber wie schon gesagt: Träume sind Schäume (*lacht*).
Ick finde so Leute, die so in der Öffentlichkeit stehen, so Film und Fernsehen, find' ick einfach irjendwie toll.

Schmerzzonen

Sommer 1987. Michael Creutz legt Wert auf eine gute Figur. Er trainiert regelmäßig mit seinem Freund Carsten in einem Fitness-Studio.

Michael Creutz: Jetzt stoß' ich in die Schmerzzone vor. Jetzt brennen die Oberschenkel. Wenn se brennen, dann noch zwei, drei Wiederholungen, dann wachsen se.
Carsten: Na, daß ich hier angefangen habe, liegt daran, daß im vorherigen Studio lauter Bullen waren, tätowiert und aggressiv. Da hat's mir nicht gefallen.
Hier ist es recht familiär. Die Leutchen, die hier sind, mit denen freundet man sich schnell an, kannste quatschen und so, ist nicht so ein Leistungsdruck dahinter. Ich brauche bei so einem Sport auch ein bißchen Spaß, da muß ich lachen und quatschen können. Nicht verbissen und wie verrückt an diesen Scheißmaschinen trainieren. An sich ist dieser Sport blöd, der macht einsam, der ist völlig daneben.
Ja klar, die Frauen, die gucken schon, ob du gut aussiehst. Aber daß das nun

ausschlaggebend ist, um irgendwelche Frauen kennenzulernen, daß sie dich nun ansprechen oder du bessere Chancen hast, wenn du sie ansprichst – mag sein, daß das stimmt, aber ich bin nicht so davon überzeugt. Ich bin nicht so ein toller Typ wie Michael ... **Michael Creutz:** ... aber Frauen interessieren uns ja nicht (*beide lachen*). **Carsten:** Is ja auch unser Image, hier ooch. Wir sind hier verschrien. **Michael Creutz:** Nicht bei uns im Studio, aber im Haus und auf der Arbeit, unter Kollegen und so weiter. **Detlef Gumm/Hans-Georg Ullrich:** Weil ihr zusammen wohnt? **Michael Creutz:** Wir gehen auch viel zusammen aus.

Los Angeles
Sommer 1988. Los Angeles. Am Strand von Venice: Michael Creutz trainiert für Hollywood.

Unter den Wolken von Berlin
Januar 1989. Michael ist von seiner Traumreise zurück. Im grauen, naßkalten Berlin stehen die Wahlen zum Abgeordnetenhaus und Senat an.

Michael Creutz: Ich erwarte in den nächsten vier Jahren, na ja, den gleichen Müll wie vorher, wird sich nischt ändern. Ach, ist doch alles klar schon! Nachdem ich jetzt aus Amerika wieder da bin, habe ich doch gemerkt, daß man mit dem Schornsteinfegen das Geld noch am leichtesten verdienen kann. Und am einfachsten mit dem, was man halt mal gelernt hat. Ja, ich fege jetzt mal wieder ein bißchen.
Ich habe es noch mal mit der Schule versucht, zusammen mit dem Carsten. Carsten macht die Schule weiter, Fachabitur, aber det war nich so mein Fall. Wieder lernen, hinsetzen, und keen Geld: Scheiße!
Detlef Gumm/Hans-Georg Ullrich: Bleibt ihr weiter zusammen wohnen? **Michael Creutz:** Vorerst ja, bleibt uns ja nischt anderes übrig.
Carsten: Also, für mich ist es natürlich bescheuert. Mit den 200 Mark Bafög, die ich jetzt kriege, ist überhaupt nichts zu machen. Es wäre auch wünschenswert, daß sich so was wieder ändern würde, daß mehr da ist für die Schüler und Studenten und so

weiter und so fort. **Michael Creutz:** Wat er jetzt bezieht, die 200 Mark, das is ja ein Diskussionspunkt aus meiner Sicht. **Carsten:** Für mich ist das einfach unfaßbar: Als arbeitsloser Schornsteinfeger kriege ich 1 300 Mark, und wenn ich nun sage, ich möchte kein arbeitsloser Schornsteinfeger sein, ich möchte eigentlich lieber einer sein, der Fachabitur macht und noch oben eins draufsetzt, den zweiten Bildungsweg macht, da sagt man mir: Na ja, dann kriegen Sie 200 Mark, und den Rest müssen Sie selbst finanzieren. Det ist einfach nich o.k. **Michael Creutz:** Also, dazu muß man ja sehen, daß dieser Mensch hier, der Carsten, vorher fünf, sechs Jahre gearbeitet hat, gutes Geld verdient hat. Er wußte ja von Anfang an, was er machen wollte. Er hätte sich ja darauf einstellen können. Hätte sich ja was zurücklegen können. Aber nein, er hat det Geld so ausgegeben, wie er es verdient hat, und auf einmal stand er da, jetzt sagt er: »Scheißstaat«.
Warum soll ick denn für ihn aufkommen? Bei Studenten ist das 'ne ganz andere Sache. Das seh' ick vollkommen differenziert. Aber bei solchen Leuten, die gearbeitet haben und dann zurückgehen zur Schule, det seh' ick nich ein.

In der Wohnung allein

Mai 1990. Carsten ist aus der Wohnung ausgezogen. Michael Creutz ist beim Renovieren, aber sonst hat sich in seinem Leben noch nicht viel geändert.

Detlef Gumm/Hans-Georg Ullrich: Das wird hier das Kinderzimmer? **Michael Creutz:** Ja (lacht).
Detlef Gumm/Hans-Georg Ullrich: Und wo kommt die Frau rein? **Michael Creutz:** Die kommt in die Küche. Da weeß se, wo se hinjehört (lacht).
Nee, also wieder diese Macho-Sprüche, das werden wir mal sein lassen. – Aber manche stehen drauf. Ja, die fühlen sich irgendwie dazu berufen.
Gibt's ja noch genug, so häusliche Frauen. Oder? Nimm mal so 'ne Partnerwahl im Fernsehen, kiek ich mir ab und zu an, da sind se immer, diese hausbackenen Mädels, die nischt anderes wollen als den Mann verwöhnen, ja?

Noch immer ein bißchen Fernweh

Mai 1990. Unerwartet ergeben sich durch die Wiedervereinigung für Michael Creutz auch in Berlin neue Perspektiven. Hoch oben auf dem Dach, mit Blick zum Fernsehturm am Alexanderplatz, zieht der Schornsteinfeger aus dem Westen Bilanz.

Michael Creutz: Also, ich habe jetzt schon noch erkannt, was wichtig ist. Zum Beispiel, eine gesicherte Existenz zu haben. Amerika war schön, aber war doch so unsicher alles, ne? Ich hatte keine Nachteile dadurch gehabt, nur daß ich eben meine Stelle verloren hatte, ne? Aber jetzt habe ich wieder eine neue Stelle, eine schöne Stelle, und bin genauso zufrieden wie vorher. Obwohl noch immer ein bißchen Fernweh in mir drin ist – natürlich –, aber es ist vorbei, glaub' ich –, leider.
Mein nächster Traum ist Bezirksschornsteinfeger werden.
Detlef Gumm/Hans-Georg Ullrich: An welcher Stelle auf der Warteliste bist du?
Michael Creutz: Vermute, so in den Vierzigern. Jetzt durch die Wiedervereinigung kann sich das alles verbessern. Ich meine, wenn wir wiedervereinigt sind, kommt ganz Berlin auf eine Kehrliste – für Bezirksschornsteinfegermeister –, und dann geht's natürlich schneller.
Detlef Gumm/Hans-Georg Ullrich: Und deine Einstellung zu Frauen? **Michael Creutz** (lacht): Ich wußte, daß diese Frage kommt. Is doch immer wieder det gleiche Spiel.

Ich hatte nun mittlerweile wieder verschiedene Damen und dachte immer, es wäre die große Liebe, aber es war immer wieder das alte Problem. Ich komm' einfach nicht klar. Ich kann einfach nicht mit Frauen. Die stressen mich immer nach ein paar Wochen.
Detlef Gumm/Hans-Georg Ullrich: Du bist doch ein äußerst attraktiv aussehender junger Mann? **Michael Creutz** (*lacht*): Find' ich auch.
Detlef Gumm/Hans-Georg Ullrich: Und hast Geld! **Michael Creutz:** Nee, daran liegt es ja nicht. Das liegt ja nicht daran, daß ich keine finde. Es liegt daran, daß ich nicht mit der klarkomme. Die haben immer nich die Voraussetzungen, die ich mir eigentlich so denke.
Detlef Gumm/Hans-Georg Ullrich: Zum Beispiel? **Michael Creutz** (*lacht*): Keene X-Beine! Ich bin ja ooch vollkommen!

O Susanna!

Oktober 1991. In der Nähe von Hamburg striegelt Michael Creutz zusammen mit seiner neuen Freundin Pferde. Diesmal könnte es ernst werden.

Detlef Gumm/Hans-Georg Ullrich: Was du in Amerika nicht gemacht hast, das machst du jetzt hier? **Michael Creutz:** Ich war ja nicht in Texas. Darfste nicht verwechseln. Ich war ja in Kalifornien. Wäre ich in Texas gelandet, wäre ich bestimmt ein Cowboy geworden. Eigentlich hab' ich mich ja schon immer für Pferde interessiert (*lacht ironisch*).

Detlef Gumm/Hans-Georg Ullrich: Hat Susanne dir das beigebracht? **Michael Creutz:** Das Reiten? Nee, das Reiten, das konnte ich schon vorher. Aber mit Pferden noch nicht, das habe ich erst gelernt von Susanne.

Baustelle Creutz

Frühjahr 1992. Michael Creutz ist noch immer mit Susanne zusammen. Doch ist ihm wie vielen Berlinern die Euphorie nach der Wiedervereinigung verflogen. Trotz der gemeinsamen Kehrliste für ganz Berlin sind seine Aufstiegschancen nicht so schnell gestiegen wie erwartet.

Detlef Gumm/Hans-Georg Ullrich: Was hat sich denn verändert hier in der Gegend?
Michael Creutz: Die Mauer wurde abgerissen, der Grenzpunkt wurde abgerissen, und damit ist es etwas langweiliger geworden hier.
Früher konnte man immer so ein bißchen rübergucken, man dachte an die armen Schweine da drüben, ja, da war noch was los hier, aber heute, trostlos.
Detlef Gumm/Hans-Georg Ullrich: Aber wenn wir das nächste Mal hierherkommen, werden hier Baustellen sein. **Michael Creutz:** Ja. Das soll alles verschönt werden. Von irgendwelchen Stararchitekten, mit Milliardenaufwand! Da sollen die Häuser hier alle abgerissen werden, Wohnblöcke mit Geschäftspassagen sollen hier hinkommen.
Detlef Gumm/Hans-Georg Ullrich: Und was machen deine Pläne, wie sieht es auf der »Baustelle Creutz« aus? **Michael Creutz:** Ich bin jetzt auf zwei Listen drauf, einmal für Ostberlin und einmal für Westberlin, und auf der Liste für Ostberlin hab' ich fünf Plätze Vorsprung. Die Gefahr ist natürlich da, daß ich in Ostberlin bestellt werden kann.

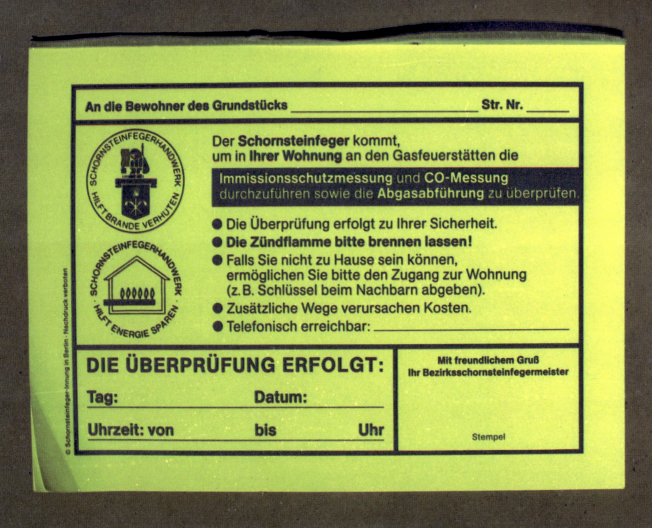

Das kann ich zwar ablehnen, aber wir müssen halt abwägen, wie es sich so entwickelt. Es kann durchaus sein, daß ich in ein, zwei Jahren in Ostberlin bestellt werden kann.
Detlef Gumm/Hans-Georg Ullrich: Aber die Schornsteine sind doch gleich, oder?
Michael Creutz: Ja, aber noch ist das finanzielle Einkommen unterschiedlich, mit nur 75 Prozent des Westeinkommens. Und von der Arbeit her ist es 'ne andere Arbeit: Im Osten, da rennst de dir'n Wolf. Draußen in Hohenschönhausen oder in den ganzen Außenbezirken, Mann, da fahr' ich ja zwei Stunden, bis ich da bin – wer will'n det? Ich möchte doch zentral bleiben.
Detlef Gumm/Hans-Georg Ullrich: War's vor der Mauer besser? **Michael Creutz:** Von der Arbeit her? – Von der Arbeit her, ja, aber nicht von der Bestellung her. Jetzt kann ich natürlich früher bestellt, also selbständig werden.
Es ist schon besser geworden. – Aber, wie gesagt: Wer will da schon hin, ne? Ick nich.

»Tag, Herr Chef«

Februar 1994: Michael und Susanne sind immer noch zusammen. Michael ist jetzt überzeugt davon, im Osten sein Glück zu machen. Und das nicht nur, weil er im Bezirk Lichtenberg zum Bezirksschornsteinfeger bestellt worden ist. Es gefällt ihm »drüben« auch »rein menschlich«.
Weil Michael Creutz nun mal ein Familienmensch ist, hat er seinen Bruder gleich zum ersten Mitarbeiter im neueröffneten Geschäft ernannt.

Michael Creutz: Die Räume habe ich hier angemietet, weil sich ja mein Mitarbeiter hier umziehen und waschen muß. Ich sage mir: Für die nächsten 25 Jahre sind wir hier, da kann man so 'ne entsprechende Summe investieren, irgendwo rentiert sich das ja dann auch, und, wie gesagt, man soll sich hier ja auch ein bißchen wohlfühlen. Man soll mit Spaß zur Arbeit kommen und nicht schon denken: Au, heute muß ich schon wieder dahin.
Detlef Gumm/Hans-Georg Ullrich: Kurz nach der Wende hattest du noch gesagt: Um Gottes willen, ja nicht hier in den Osten! **Michael Creutz:** Ja, das war ein Irrtum, ein großer Irrtum! Jetzt heißt die Devise: Gar nicht mehr weg vom Osten!
Der Osten ist eigentlich sehr gut; der Ostteil der Stadt – also besser als der Westteil!
Detlef Gumm/Hans-Georg Ullrich: Schornsteinfegerarbeit im Westen oder im Osten

– was ist im Osten anders? **Michael Creutz:** Die Leute sind angenehmer, aus meiner Betrachtung; weil sie einfacher sind noch; weil sie nicht so hohe Ansprüche haben. Die Arbeit ist noch teilweise richtige Schornsteinfegerarbeit: richtig fegen, Ruß rausnehmen – so wie es einstmals war. Und man wird hier noch so ein bißchen hofiert von den Leuten.
Früher sagte man immer zu den Schornsteinfegern: »Halbgott in Schwarz«, so wie zu den Ärzten »Halbgott in Weiß«. Und wenn man hier einen Termin hat, dann sagen die Leute: »Guten Tag, Herr Bezirksschornsteinfegermeister« – einige nennen mich Meister, einige nennen mich Chef – »Tag, Herr Chef«, sagen sie, und das ist einfach ein schönes Gefühl, daß man irgendwo akzeptiert wird, nicht?
Detlef Gumm/Hans-Georg Ullrich: Und was ist er für ein Chef? **Der Bruder:** Na ja, es gibt bestimmt noch schlechtere (*lacht*). Nee, ick bin ja zufrieden. Gutes Los, das ich gezogen habe. **Michael Creutz:** Du hast das Top-Los gezogen, Junge! **Bruder:** Übertreiben woll'n wir nicht!
Detlef Gumm/Hans-Georg Ullrich: Übertariflich bezahlt? **Michael Creutz:** Über Tarif? Nee. **Bruder:** Warum soll er mich über Tarif bezahlen?
Michael Creutz: Ich kriege ja auch nur 80 Prozent. Kann ja nicht 100 Prozent zahlen, wenn ich nur 80 Prozent Gebühren kriege, oder? Geht ja nicht. Mach' ich ja ein schlechtes Geschäft.

Lebensabschnitt geschafft

Detlef Gumm/Hans-Georg Ullrich: Das meiste hast du jetzt geschafft, da kommen jetzt die Frau und die Kinder. **Michael Creutz:** Die Frau ist ja da! Die ist ja schon seit drei Jahren da. Bloß die Frau kann sich nicht entscheiden, nach Berlin zu ziehen. Und solange das nicht gegeben ist, werde ich auch keine Kinder haben oder heiraten oder so. Die Voraussetzung ist schon die, daß sie nach Berlin zieht.

Detlef Gumm/Hans-Georg Ullrich: Du hast dich irgendwie verändert, du bist ruhiger geworden. **Michael Creutz:** Weil ich älter geworden bin.

Detlef Gumm/Hans-Georg Ullrich: Aber hat das nicht auch etwas damit zu tun, daß man Bezirksschornsteinfeger geworden ist? **Michael Creutz:** Vielleicht damit, daß man seinen Lebensabschnitt, seinen Berufslebensabschnitt geschafft hat und daß man mal raus war. Man hat ja wesentlich mehr Verantwortung jetzt. Ich muß ja Unterschriften leisten für Sachen, die ich vertreten muß. Da wächst man ja auch irgendwie rein. Viele sagen immer: Na ja, die Schornsteinfeger ... – aber es ist 'ne Menge Verantwortung.

Detlef Gumm/Hans-Georg Ullrich: Gab es in deinem Beruf schon mal solche Konflikte, daß du gedacht hast: Hätte ich das bloß nicht gemacht? **Michael Creutz:** Ja, manchmal. Wenn ich zwei Wochen lang wirklich jeden Tag 16, 17 Stunden am Schreibtisch gesessen habe und den ganzen Bezirk aufgearbeitet habe, da hab' ich schon mal gedacht: So eine Kacke, für was mach' ich das eigentlich hier? Andere waren gerade im Urlaub oder sind um halb zwei nach Hause gegangen, und dann war für sie die Laube fertig. Da dachte ich manchmal: Das kann doch nicht wahr sein, das ist doch nicht mein zukünftiges Leben!

Michael Creutz brennt mit seinem Bruder Ruß aus den Schornsteinen.
»Da ist soviel Ruß drin, daß der vorher rausjebrannt werden muß. Den kriegste mit dem normalen Kehrhandwerkszeug nicht mehr raus.«

Wunschkinder, sechs

Dezember 1994. Michael Creutz zieht erneut Bilanz. Seit den auch für ihn wichtigen Wendejahren 1989/90 hat er beruflich einiges erreicht. Und auch mit seiner Freundin Susanne ist er noch zusammen. So richtig zufrieden ist er dennoch nicht.

Detlef Gumm/Hans-Georg Ullrich: Gab es denn in den letzten Jahren auch Niederschläge oder nur Höhepunkte? **Michael Creutz:** Niederschläge nicht, eigentlich nur Höhepunkte.
Detlef Gumm/Hans-Georg Ullrich: Worin bestanden die? **Michael Creutz:** Der große Höhepunkt war die Geburt meines Patensohnes. Und dann der vor vier Jahren, als ich meine Freundin kennengelernt habe, mit der ich jetzt immer noch zusammen bin. Dann die Bestellung zum Bezirksschornsteinfegermeister war auch ein ganz guter Höhepunkt. Aber der größte war wirklich die Geburt meines Patensohnes. Kann eigentlich nur besser werden durch ein eigenes Kind.
Detlef Gumm/Hans-Georg Ullrich: Du willst eigene Kinder haben? **Michael Creutz:** Ja! Aber die Frauen von heute sind ja alle auf dem Karrieretrip, wollen Geld verdienen, hochkommen in ihrem Beruf, da stören Kinder, jedenfalls bei vielen Frauen – bei denen, die ich immer kennenlerne.
Sieh mal, ich hab' extra schon 'nen großen Tisch gekauft! Für acht Personen! Sechs Kinder und die Frau. Mit mir sind's acht. Ernähren könnte ich sie alle.

»Das hätten wir durchgesetzt: Susanne ist schwanger.«
Dezember 1996. Susanne ist zu Michael nach Berlin gezogen.

Detlef Gumm/Hans-Georg Ullrich: War es für dich eine große Umstellung, nach Berlin zu kommen? **Susanne:** Ja, eigentlich schon. Ich hab' vorher in einem Vorort von Hamburg gewohnt, Haus mit Garten, und jetzt bin ich gleich mitten in der City drin. Aber die Hauptsache ist eben halt, daß wir jetzt zusammen wohnen.
Detlef Gumm/Hans-Georg Ullrich: Und wie ist das Zusammenleben mit ihm? **Susanne:** Kann man jetzt noch nicht sagen, es ist wie Urlaub jetzt, mehr oder weniger, als ob ich einen Urlaub genommen habe und erst mal zwei oder drei Wochen in Berlin verbringe. Ich denke, nach ein, zwei Monaten kann man vielleicht anderes, genaueres sagen.
Detlef Gumm/Hans-Georg Ullrich: Gestern hast du uns gesagt, daß du gerne Kinder haben möchtest – ihr beide – oder? **Michael Creutz:** Tja, das haben wir ja jetzt auch durchgesetzt. Susanne ist – im achten Monat! **Susanne:** Ein Wassermann!
Detlef Gumm/Hans-Georg Ullrich: Und Ihr wollt auch heiraten? **Michael Creutz:** Eigentlich bin ich ja immer ein Gegner von festen Verbindungen. Aber wenn ich vorm Altar stehe und der Pfarrer fragt mich, sag' ich: Ja, aus steuerlichen Gründen (*lacht*).

Madita
Februar 1997. Susanne und Michael haben den Filmemachern erlaubt, sie zur Geburt des Kindes in die Klinik zu begleiten. Die Geburt selbst wollen sie nicht filmen lassen.

Detlef Gumm/Hans-Georg Ullrich: Was hast du für Gefühle? **Michael Creutz:** Im Moment keine. Nein, ehrlich nicht. Im Moment mach' ich mir mehr Gedanken, es ist alles so viel Blut. Schlachthausatmosphäre.
Detlef Gumm/Hans-Georg Ullrich: Gehst du beim zweiten Kind wieder mit rein?
Michael Creutz: Ja, immer dabei! Hab' gerade die Nabelschnur durchschnitten.
...
Susanne: Man weiß halt, daß es weh tut, aber man weiß, daß man dafür total belohnt wird.
Detlef Gumm/Hans-Georg Ullrich: Und hat Michael es gut gemacht? **Susanne:** Ja.
...
Michael Creutz: Es ist ein Mädchen. Es kriegt den Namen Madita. Aus dem Norddeutschen. Susanne ist drauf gekommen. Ich hab' gedacht: Beim Jungen entscheide ich, beim Mädchen entscheidet sie.
Detlef Gumm/Hans-Georg Ullrich: Und wie soll das Leben jetzt weitergehen mit Kind?
Michael Creutz: Im Moment mache ich mir darüber keine Gedanken. Es geht genauso weiter wie vorher. Nächste Woche geh' ich erst mal Ski fahren (*lacht*). Um den ganzen Streß hier zu verarbeiten.
Jetzt hab' ich doch 'n paar Tränen in den Augen.

Der Umzug

April 1997. Michael und Susanne ziehen mit ihrem Kind an den Stadtrand von Berlin, in ein gemietetes Einfamilienhaus in Spandau. Freunde und Verwandte helfen mit.

Detlef Gumm/Hans-Georg Ullrich: Fühlst du dich immer noch wie auf Urlaub hier? **Susanne:** Nee, mittlerweile hab' ich mich eingelebt. Nee (*zum Kind*), wir ham uns eingelebt.

Detlef Gumm/Hans-Georg Ullrich: Hast du noch Sehnsucht nach Hamburg? **Susanne:** Ab und zu kommt's durch (*lacht*). Hamburg is noch nich vergessen!

Carsten: Alles, was er sich gewünscht hat, hat er irgendwie vollbracht. Also für ihn ist das völlig o.k.

Klar, guck' ich mir das an und sage mir, so weit könntest du auch sein, und dann hättest du Geld, und dann hättest du, was weiß ich sonst was, aber für mich ist – Idealismus vielleicht wichtiger. Etwas zu verwirklichen, was man vielleicht nie erreicht.

Michael Creutz: Die Ansprüche wechseln im Laufe des Lebens.

Detlef Gumm/Hans-Georg Ullrich: Bist du froh, daß der Bruder unter der Haube ist und ein Kind hat? **Bruder:** Der is doch gar nicht unter der Haube. Unter der Haube ist er, wenn er verheiratet ist.

Detlef Gumm/Hans-Georg Ullrich: Wird er ein bürgerliches, ruhiges Leben führen, oder wie sieht der Bruder das? **Bruder:** Ein ruhiges Leben führt er schon immer – seitdem er Meister ist. Bürgerlich, weiß ich nicht.

Detlef Gumm/Hans-Georg Ullrich: Wie soll das Leben weitergehen? **Michael Creutz:** Ehrlich gesagt, von Kindern habe ich jetzt erst mal die Nase voll (*lacht*). Die Kleene hält uns so in Trab. Wenn du zwei, drei davon hast, dann kannste dich beerdigen lassen.

Ich such' natürlich immer noch nach einem eigenen Häuschen.

Detlef Gumm/Hans-Georg Ullrich: Ist die Beziehung noch in Ordnung? **Michael Creutz:** Die zwischenmenschliche Beziehung zu Susanne? Ja, die leidet natürlich ein bißchen mit der Erziehung des Kindes, weil sie ja manchmal andere Vorstellungen hat als ich. Gerade wenn das Kind viel schreit. Ich denke mir dann immer, sie hat Hunger oder Durst oder was.

Detlef Gumm/Hans-Georg Ullrich: Bist du nachgiebiger oder weicher als Susanne? **Michael Creutz:** Weicher würde ich nicht sagen, ich will bloß meine Ruhe haben!

Rückschau

Januar 1999. Michael Creutz besucht Detlef Gumm und Hans-Georg Ullrich ein letztes Mal im Filmbüro. Er läßt die letzten 16 Jahre seines Lebens noch einmal Revue passieren, nicht so sehr unter politischen Aspekten, eher persönlich. Dramatische Fehlentscheidungen sieht er bei sich keine. Aber der Abschied vom großen Jungen, der so gerne die Neue Welt erobert hätte, ist ihm ins Gesicht geschrieben und stimmt ihn auch ein klein wenig wehmütig.

Michael Creutz: Wenn ich so nachdenke – vielleicht hätte ich doch ein bißchen länger in Amerika bleiben können. Da habe ich einfach problemloser gelebt. Da bin ich aufgestanden, ohne den Kopf schon voll zu haben. Wenn ich jetzt aufstehe, weiß ich schon, was ich in 14 Tagen machen muß.

Mit dem Kind mußte ich mich entscheiden, ob ich so weiterleben wollte wie bisher, also mit 'ner Freundin und relativ verantwortungsfrei. Doch die kleine Maus, die gibt mir so viel Freude – das nimmt dir keiner. Das ist besser als alles andere. Das ist schon schön.

Früher war ich für alles offen und an vielem interessiert, aber letztendlich, wenn man meinen Lebenstag sieht, ist er recht bürgerlich, das muß ich schon sagen – obwohl ich noch immer versuche, spontane Sachen zu machen –, aber das klappt alles nicht mehr so wie früher.

Detlef Gumm/Hans-Georg Ullrich: Gibt es etwas, wovor du Angst hast? **Michael Creutz:** Ja, daß ich mal irgendwann nicht mehr zahlungsfähig bin; daß unser Beruf vielleicht ausstirbt. Diese wirtschaftliche Angst habe ich schon immer gehabt, die Angst davor, daß ich mir irgendwann mal nicht mehr mein Essen kaufen kann.
Ich brauche immer ein Geld in der Tasche.

Kapitel 6

Jede Geschichte hat einen Anfang, eine Mitte und ein Ende, nur nicht immer in der Reihenfolge. **Jean-Luc Godard**

»Schaue immer nach vorne, nie zurück, denn neuer Mut ist Lebensglück!«
Marina Storbeck

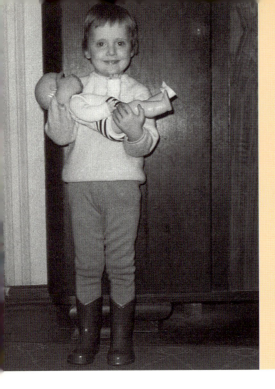

Marina Storbeck wird 1962 in Berlin-Tempelhof geboren. Die Mutter arbeitet als Altenpflegerin, der Vater als Rangierer bei der Bahn. Als Marina zwei Jahre alt ist, lassen sich die Eltern scheiden. Die Mutter heiratet ein zweites Mal. Der Stiefvater, Hausmeister in einem Studentenwohnheim, hat mit Marinas leiblichem Vater eines gemeinsam: »Er ist auch Alkoholiker.« Der wichtigste Unterschied: Der neue Vater schlägt sie, im Gegensatz zu ihrem leiblichen Vater, den sie auch noch als junges Mädchen gerne besucht.
Marina Storbecks Mutter (»Von ihr bekam ich alles«) versucht so gut es geht, ihre fünf Kinder groß zu kriegen, drei aus der Ehe mit Marinas Vater, zwei »mitgebrachte« aus der ersten Ehe ihres zweiten Mannes. Gelegentlich gibt es von der Mutter auch Schläge. Marina Storbeck: »Alles in allem hatten wir es als Kinder gut. Der Stiefvater hatte ein Haus mit Garten in Lichterfelde. Gegenüber eine Laubenkolonie. Schon als Kind liebte ich Hunde. Spielzeug gab es bei uns kaum: ein Stoffhund, eine Puppe, mehr war nicht.« In der Schule bekommt Marina Storbeck immer wieder Schwierigkeiten. Die 5. Klasse muß sie wiederholen. Sie möchte Friseuse werden: »Bei mir war nicht soviel mit Zahlen. Ich bin Praktiker.« Als sie sich nach dem Schulabschluß vergeblich um eine Lehrstelle bewirbt, geht sie kurzerhand zur Altenpflege in das Heim, in dem auch ihre Mutter arbeitet.
Mit 18 zieht Marina Storbeck von zu Hause weg. Von 1980 bis 1985 arbeitet sie als Krankenschwester in einer Klinik. 1983 bekommt sie ihr erstes Kind, die Tochter Jasmin. 1987 folgt das zweite Kind, Sabrina, 1995 Sohn Lukas. Die drei Väter zahlen zwar ihren Unterhalt, aber keiner von ihnen lebt mit Marina Storbeck zusammen. Ab Februar 1994 arbeitet Marina noch einmal für ein Jahr in einem Altenheim.
Inzwischen lebt sie nicht mehr am Bundesplatz, sondern in einer Sozialwohnung in einem Blockbau in Spandau. Den Unterhalt für sie und ihre Kinder bestreiten das Sozialamt und die Väter der drei Kinder. Neben ihren Kindern hat sie zwischenzeitlich noch eine große Hundefamilie in der Wohnung. 1998 ist es nur noch einer. »Ein Hund«, sagt sie, »bescheißt einen nicht. Außerdem zwingt er mich zum Rausgehen, sonst würde ich noch dicker.«
Jasmin, ihre älteste Tochter, hat in der Schule ähnliche Schwierigkeiten wie früher die Mutter. Im Herbst 1998 macht Jasmin ein Praktikum im »Tierparadies«, einem Laden für Hunde- und Katzenbedarf.

Marina Storbeck glaubt, daß ihre älteste Tochter im Leben »alles erreichen wird, was sie will, wenn sie ihre Energie nicht in den falschen Weg steckt. Jasmin ist bei uns der Boß.« Jasmin habe mit ihr und mit ihrer Großmutter eines gemeinsam: schwierige Situationen sofort anzugehen und zu ändern. Doch Jasmin hat sich auch schon anders geäußert: »Diese Familie ist eine Scheißfamilie«.

»Man kann sich keinen Mann aus den Rippen schneiden.«

Mai 1987. Marina Storbeck ist an ihrem liebsten Platz, zu Hause. Sie erwartet ihr zweites Kind.

Marina Storbeck: Na ja, noch schlechter wie jetzt kann's schon nicht mehr gehen. Ick meine, ich hab's gemerkt, man sinkt sehr schnell. Von der Krankenschwester zu jetzt Sozialhilfeempfängerin isset schon 'ne ganz schöne Strecke. Das geht unheimlich schnell: daß man arbeitslos wird, noch 'n Kind kriegt.

Na, schon der Gang zum Sozialamt ist nicht immer berauschend. Ich hab' ein Kind bis jetzt großgezogen, darauf bin ich stolz, und ich schaffe es beim zweiten auch, und ich freu' mich auf das Kind, und ich will das Kind alleine großziehen, ohne Ärger, in Ruhe. Ick weeß, ick hab' so viel Optimismus und so viel Kraft, daß ich weiß, ich schaff' das auch, und wenn noch 'n drittes Kind kommt, ja? Ich freu mich dadrauf. Sone kleinen Würmer, die können doch nichts dafür!

Detlef Gumm/Hans-Georg Ullrich: Beneidest du denn andere Mütter, die einen Mann haben? Marina Storbeck: Ich muß sagen, ich würde lügen, wenn ich sagen würde …, also, weil's einfach was Schönes ist, 'nen Partner zu haben, wo man sich aussprechen kann oder so, ja, das ist einfach – man braucht es auch. Wenn man jetzt so 'ne Woche alleine ist, nur mit 'nem Kind …, ick kann mich mit meiner Tochter auch unterhalten, aber es ist nicht so, als wenn ich mich mit 'nem Partner unterhalte. Dat fehlt ja irgendwo, ja, und irgendwo wird man zwar nach 'ner zweiten Niederlage immer frustrierter und schimpft immer mehr auf die Männer, ja, aber irgendwo braucht man se doch, und irgendwo wissen die det auch, die sind ja auch schlau … Aber ick hab' 'ne Regel: Ich sage mir, wenn ich schwanger bin, bin ich immer prinzipiell gegen die Abtreibung, weil das Kind nichts dafür kann. Wenn ich jetzt noch fünf andere Kinder kriegen würde, würd' ich die auch alle alleine großziehen, weil ich Babys einfach mag und die nichts dafür können.

Juni 1987. Marina Storbeck hat ihr zweites Kind, Sabrina, bekommen. Ihre Mutter hat sie in die Klinik begleitet.

Detlef Gumm/Hans-Georg Ullrich: Sie sind die Mutter von Marina? **Marinas Mutter:** Ja, stolze Oma ... Ich bin heute morgen mit ihr hierhergekommen, und da ist se gleich hiergeblieben. Sie war aufgeregt. Ist klar. Sie hat nicht die Zeit gehabt zum Überlegen. Ging alles ruckizucki. Na ja – jetzt hat sie es hinter sich.

Juni 1987. Marina Storbeck kommt mit ihrer Tochter Sabrina aus dem Krankenhaus.

Detlef Gumm/Hans-Georg Ullrich: Na, wie geht's dir heute? **Marina Storbeck:** Gut, prima!

Detlef Gumm/Hans-Georg Ullrich: Besser als neulich? **Marina Storbeck:** Oh, Gott sei Dank, ja, endlich frische Luft! Wah, meine Sonne? Ach, ist das ungewohnt, 'n bißchen schwach noch auf den Beinen, aber sonst geht's gut.

Detlef Gumm/Hans-Georg Ullrich: Und dem Kind geht's gut? **Marina Storbeck:** Du siehst ja, pennt ja, pennt und verschläft den Weg nach Hause. Endlich bist du an der frischen Luft, meine Süße. Die nächste Zeit jedenfalls kommen wir nicht mehr hierher! Zwei Mädels reichen! So, Schätzchen.

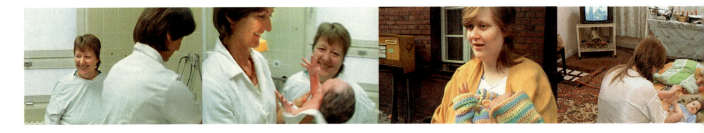

März 1998. Marinas Mutter, Frührentnerin mit einem bescheidenen Auskommen, gibt den beiden Filmemachern in ihrer Wohnung am Stadtrand Berlins ein Interview.

Marinas Mutter: Na ja, also sagen wir mal, oje, jetzt kommt Kind Nummer zwei, und heiraten wird se den Mann auch nicht. Ich hab' mir schon meine Gedanken gemacht, aber andererseits, wollen wir mal sagen: Sie hat ja nie an Abtreibung gedacht. Sie hat gesagt, das ist Mord, und davon hält sie nichts, und det Kind kann nichts dafür, das ist eben entstanden, und da muß man eben grade dazu stehen, und det finde ich irgendwo auch gut. Manch einer hätte gesagt, ach, ich lass' es wegmachen, erledigt. Ja, und det hat se nicht gemacht. Sie hat gesagt, ist passiert, und da steh' ich eben zu. Na ja, habe ich gedacht, gut, kommt das Zweite.
Detlef Gumm/Hans-Georg Ullrich: Sucht sie denn den Rat, oder spricht sie viel mit Ihnen darüber? Sie ist ja irgendwie eine Einzelkämpferin. **Marinas Mutter:** Ham se richtig gesagt, find' ich auch, das ist 'ne Einzelkämpferin, weil, sie boxt sich alleine durch, und ist das auch so gewöhnt, daß sie alles bestimmen muß, machen kann. Wobei das auch schwer für den Mann ist. Wenn sie jetzt wirklich jemand kennenlernt, der hat es sehr schwer. Det geht 'ne kurze Zeit gut, aber dann ... – Also, sie möchte einen Mann haben, schon, ja klar. Ich möchte auch einen haben, aber man kann sich ja nu nich een aus den Rippen schneiden. Und so einfach ist das ja allet nicht, na ja, bei mir sowieso nicht, wenn man schon älter ist, ist das sowieso alles nicht so einfach. Aber denn vermißt du das schon und auch die Kinder.
Sie war so siebente, achte Klasse, und da sagte se: »Also, ick mach' alles anders, ick mach' alles anders wie du. Schöne Lehre, 'n Beruf und die Wohnung schön einrichten und reisen und die Männer ausnehmen«, und da hab' ich gesagt: Das ist gut.

Mensch, die hat es erfaßt, daß man mehr machen kann aus seinem Leben, weil es eben bei mir auch nicht so gelaufen ist. Bei mir war det allet früh, mit 18 war ick schwanger, war ick grade mal 19, kam mein erster Sohn, und ick war verheiratet, aber man hat nichts gehabt von der Jugend, det ging allet viel zu schnell.

Ein gutes neues Jahr! oder was wünscht man sich?
Silvester 1987. Bei Marina zu Hause.

Detlef Gumm/Hans-Georg Ullrich: Marina, wir hatten uns doch vor 14 Tagen verabredet, warum hast du uns denn an dem Tag nicht aufgemacht? **Marina Storbeck:** An dem Tag ging's mir körperlich sehr schlecht, weil ick gemerkt hab', daß ich wirklich krank bin. Und denn hab' ick so 'ne Art Verzweiflung, weil ick halt keen hab', wo ich sagen kann, komm vorbei jetzt, ick möchte einfach nur im Bett liegen und einfach nur mich auskurieren. Das ist halt nicht möglich. Ick hatte sone Krämpfe. Da muß ich aufstehn und muß das Kind versorgen, so 'ne Situation zum Beispiel. Oder wenn ick eben nicht genug Geld mehr hab' und abends denn zu Hause überlege, wat ick morgen zum Essen mache. Also, sowat frustriert mich fünf Minuten, zehn Minuten, dann überleg' ich. Aber dann nach zehn Minuten fällt mir immer irgendwat ein, und ich mach' aus nichts mach' ich irgendwat, und det geht dann schon irgendwo. Ja, weil ick mir denn sage: Der nächste Tag kommt, der alte ist vergangen, und det muß irgendwo weitergehen. Das muß irgendwo 'n Sinn haben. Der liebe Gott wird schon wissen, warum er gesagt hat, ick soll noch 'n zweites Kind kriegen.
Detlef Gumm/Hans-Georg Ullrich: Was gab es denn zu Weihnachten? **Marina Storbeck:** Ick sag' mal, Weihnachten ist das Fest der Liebe, der Erpressung. Wat schenkst du mir, wat schenk ick dir, und gefällt dir det, gefällt dir det nicht, und wat wird umgetauscht. Und det ist so furchtbar materiell und finanziell, und det mag ich also überhaupt nicht, ja? Und wenn det vorbei ist, det schon mal irgendwo…
Jasmin: Mama, det klingelt! **Marina Storbeck:** Ja, hör ich jetzt nicht! Ick hab' meinen Satz verloren … Ja, ich bin schon froh, wenn det vorbei ist.

Jasmin: Willst du aber aufmachen? **Marina Storbeck:** Nee, möchte ich jetzt nicht, ist bestimmt Christa. Also, dazu bin ich zu beschäftigt, für die zwei Kinder da.
Detlef Gumm/Hans-Georg Ullrich: Und geht es an den andern Tagen besser, wenn die Feiertage vorbei sind? **Marina Storbeck:** Mir geht's besser, wenn ick halt 'ne Freundin hier hab', mit der ich reden kann ..., oder wenn meine Mutter hier ist. Ick hab' nicht viele Freunde, aber wenn jemand kommt, dann geht's mir schon besser. Für 'ne Stunde oder für zwei Stunden, 'ne Ablenkung halt.
Ick hab' zwar gesagt: 'n zweites Kind krieg ich auch alleine groß, und ick weiß, ich schaff' das auch, aber 'n drittes – nee, also, das schaff' ich nicht. Dazu hab' ich keine Kraft mehr, also, weil det einfach, weil det so wahnsinnig schwer ist, det Kind großzuziehen. Alleine sowieso. Auch zu zweit ist det nich einfach. Aber wenn ick sie groß hab' denn und meine Arbeit hab', dann bin ich schon zufrieden, ja, denn mach' ich drei Kreuze.
Detlef Gumm/Hans-Georg Ullrich: Wie sähe denn die Idealfeier für dich aus, wie würdest du am liebsten den Abend verbringen? **Marina Storbeck:** Ach, am liebsten: ein intimes Essen, romantische Kerzen und Fondue, na ja, wie man das im Film sieht. Kurz vor zwölf: »Frohes Neues Jahr, mein Schatz!« Küßchen! Und dann – na ja, halt nicht alleine, sagen wir mal so.

Marina entzündet eine Wunderkerze
»Jasmin, siehst du die Sterne? So 'ne lange Stange, sone kleinen Sterne, auweija, ick fasset ja nicht ... guck mal, Schätzchen. Gib mal Brini auch eine ... Das neue Jahr kann beginnen.«

Der Frust nimmt zu.

Juli 1989. Marina geht mit ihren Kindern zum Sozialamt.

Marina Storbeck: »'ne schöne Angelegenheit ist das nicht, jeden Monat hierhin zu laufen. Warten und warten wegen ein paar Mark, kann einen frustrieren.«

September 1990. Marina in der Apotheke.

Marina Storbeck: So, jetzt kommt die Mama! Ich zieh' mir mal die Schuhe aus, wiegt ja auch. Jetzt vorsichtig, weg da! Um Gottes willen, 85,1 Kilo! Oweija. Der Schock des Lebens!
Detlef Gumm/Hans-Georg Ullrich: Wieviel willst du denn abnehmen? Marina Storbeck: 20 Kilo.
Detlef Gumm/Hans-Georg Ullrich: Ist das nicht ein bißchen viel? Was willst du denn jetzt machen? Marina Storbeck: Na ja, also weniger essen. Mehr Selter trinken. Na ja, weniger Pizza essen und mich zusammenreißen.
Detlef Gumm/Hans-Georg Ullrich: Woran liegt das denn, daß du so viel zugenommen hast? Marina Storbeck: Ja, woran liegt's? Reines Frustessen!
Frust, ja. Die schönste Zeit war die, wo se geboren wurden. Dazwischen war Streßzeit. Jetzt liebe ick se immer noch. Aber jetzt sind se so selbständig: Ick merke einfach, daß die verdammt schnell groß werden und ick das irgendwo eigentlich gar nicht will.

»Marina, die schafft det, Mini, die schafft det!«

Marinas Mutter: Wenn sie 'ne gute Zeit hat, bringt die Sachen fertig, da muß man sich wundern. Da sagt man: Mensch, gut, dat hat se geschafft! Wenn ... det einigermaßen läuft –, ... dann hat die eine Energie, und dann macht die det und det, und det gelingt ihr auch. Die schafft det.
Die schaffen det, die sind so groß geworden, auch wenn nicht immer Reichtum und viel da war und Mutter immer knapsen muß, heut noch. Und det wird auch noch die nächsten Jahre so sein, wenn nicht wat Gutes passiert, daß da ein Mann in ihrem Leben auftaucht, wo sie sagt, ja, mit dem kann ich.
Ja, die schaffen det, und det merkt man jetzt schon an Jasmin. Die ist ja so pfiffig, und die läßt sich nicht die Butter vom Brot nehmen.

»Ein bißchen schlechter als befriedigend«

September 1991. Marina sitzt mit einer Neurodermitis zu Hause.

Detlef Gumm/Hans-Georg Ullrich: Ging's dir denn in letzter Zeit eher gut oder eher schlecht? **Marina Storbeck:** Na ja, wenn ich's in Zensurenzahlen ausdrücken würde, würde ich sagen: vier, bißchen schlechter wie befriedigend, weil ich mir auch Gedanken mache. Ich versuche, auch jetzt kurz was zu finden, für 'n paar Stunden vormittags. Und wenn ick denn jedesmal langliege, weil ich keine Luft kriege oder weil meine Haut so weh tut, daß ich Gelenkschmerzen hab' und dann nichts unternehmen kann, um Arbeit zu finden, det haut mich dann wieder so hin.

September 1990. Jasmin wird eingeschult.
»Ja nu, ich war keine große Leuchte. Aber Mini ist schlau, die schafft det. Weißt du noch nicht, wah?«

Detlef Gumm/Hans-Georg Ullrich: Wie ist denn das mit den Krankheiten, ist das erst in letzter Zeit gekommen? Was ist denn das jetzt alles? **Marina Storbeck:** Tja, die Neurodermitis hab' ich sowieso schon seit zehn Jahren. Aber es ist permanent schlechter geworden, seit der zweiten Schwangerschaft und seitdem ich zu Hause bin, mit bedingt durch die Arbeitslosigkeit, durch die zweite Schwangerschaft, die auch ziemlich belastend war.

In dem Buch, das ich mal von meiner Hautärztin geschenkt gekriegt habe, da steht drin, manche Fälle endeten schon mit Selbstmord. Ich war teilweise schon soweit dran – ick hab' einmal, zweimal auch schon dran gedacht, weil det Jucken, det Kratzen, die Haut, man hat das Gefühl, man sitzt in einem Geflecht von Körben. Zehn Finger sind nicht genug, und det den ganzen Tag und die ganze Nacht. Tja, det ist schlimm, det is ganz schlimm.

Detlef Gumm/Hans-Georg Ullrich: Hast du denn jemanden, mit dem du darüber reden kannst, Freunde oder die Väter deiner Kinder? **Marina Storbeck:** Nee, ach nee, die kann man vergessen. Die war'n ja nicht mal da, wo die Kinder kleen waren, und die wollen kein' Kontakt. Nee, nee, das hab' ich abgeschrieben.

Detlef Gumm/Hans-Georg Ullrich: Hast du denn mal einen Mann kennengelernt in letzter Zeit? **Marina Storbeck:** Nee. Bin ein Jahr jetzt alleine und möchte das auch keinem weiter zumuten hier irgendwie. Schon diese Bruchbude hier, das kann ich keinem zumuten. Wenn ich weggehen würde, würde ich garantiert jemand kennenlernen, so ist det nicht. Von dem einen Vater zum Beispiel, von Sabrina, wenn ick mit dem ab und zu mal telefoniere, ganz selten, dann hör' ick immer nur: »mein sozialer Stand, mein sozialer Stand«. Ick sage: »Wat ist denn mein sozialer Stand!? ... weil ick keine Arbeit habe!?« Ick weeß ooch nich, ich möchte es einfach keinem Mann zumuten, ja? Oder man lernt jemand kennen, und der belügt einen von hinten bis vorne ... Oder Alkoholiker. Na ja, wat? Nee, da bin ick lieber alleene!

Detlef Gumm/Hans-Georg Ullrich: Aber an Selbstmord, hast du da ernsthaft dran gedacht? **Marina Storbeck:** Det war nich einfach so dahin gesagt, det kam in dem Augenblick, wo du diesen Schub hast von Kratzanfällen, du kratzt dich am Kopf, und es juckt an den Beinen. Du kratzt, wo du nur kannst, und denn heulst du und bist verzweifelt und sitzt da. Und da hab' ick gedacht, wenn du tot bist, hast du deine Ruhe, da juckt nix mehr.

Ick bin alleene. Ick hab' meine Mutter, aber ich bin alleene. Und ich hab' meine Kinder, und das ist mir das einzige, wat ick immer wieder sage: Wenn ick meine Kinder nicht hätte, dann wär' mir alles egal.
Jasmin, sie hilft mir so viel, sie geht zur Apotheke für mich, sie löst 'n Rezept ein, sie sagt: »Mama, ick helf' dir.« Die hilft.
Wenn ick jetzt Wege zu erledigen habe, zieh ick det wirklich konsequent durch, erledige meinen Weg, muß mir fünfmal überlegen, ob ich überhaupt diesen Weg gehe, sagen wir jetzt mal zum Arzt, zur Behörde, ja? Und wenn's nicht wirklich unbedingt sein muß, geh' ick nich. Wenn's aber sein muß, dann heißt es: Marina, du gehst jetzt, das muß sein, und dann geb' ich mir Schwung wie für die nächsten drei Wochen.
Wenn ich das dann erledigt habe, schnell ab nach Hause, dann geht's mir schon wieder gut. Dann weiß ich, ich geh' jetzt nach Hause, schnell ..., Tür auf, Tür zu ..., fertig.
Wo ick zwanzig war, det war so meine Lieblingszeit, wo ick richtig, wie sagt man, das Leben genossen habe – also, ich rede schon wie 'ne alte Frau. Ich war mit zwanzig tanzen, jeden Abend. Und hab' meine Arbeit gerne gemacht. Und ich liebe die auch heute noch, ick träum' immer noch von meiner Arbeit, ick träum' von der Station, ick träume regelmäßig davon: Patienten pflegen, machen, tun. Verantwortung für die ganze Station, hab' ick mit links gemacht. War keine Hürde. Tanzen, arbeiten, tanzen, arbeiten, irgendwann mal schlafen: Da hab' ich die Männer noch geliebt, und die ham mich geliebt.
Marinas Mutter: Ja, ja, so war det ooch. Und ist ja 'n hübsches Mädchen, die hat an jedem Finger dreie gehabt, ... bis es dann passierte mit Jasmin, also daß se schwanger war. Und von da an war det allet nicht mehr so.

»Ich habe Angst.«
Dezember 1991. Marina ist bei ihrem Hausarzt.

Marina Storbeck: Ick hab' seit einer Woche ganz schlimme Herzstiche, heute wieder, und zwar so, als ob sich das Herz zusammenkrampft, so ganz schnell, so für drei Sekunden, und det tut in dem Augenblick wahnsinnig weh. Die ganze letzte Woche hatte ich das fast jeden Tag. Ick hatte das gestern sogar zweimal, nich nur, wenn ich mich uffrege, dann sowieso. Jetzt aber permanent, wenn ick jetzt brüllen muß zu Hause. Aber auch wenn ick ganz ruhig auf der Couch so sitze, so ganz normal, denn geht det los, also auch im Ruhezustand. Ick hab' det wirklich richtig beobachtet: ... drei, vier Sekunden nur, dann ist det gut. Mir nützt es auch nichts, wenn ich weiß, det ist nervös. Ick habe Angst, ick habe wirklich dann Angst. **Arzt:** Passen Sie mal auf: Es ist weniger wahrscheinlich, daß es vom Herzen ist, und wenn, dann nur Verkrampfung, also nervöse Verkrampfung, also kein organisches Leiden.

Notaufnahme
Februar 1992. Marina ist mit einem Nervenzusammenbruch in die Klinik gekommen.

Marina Storbeck: Es ging nicht mehr ..., heißt praktisch, daß ich mich hier selbst eingeliefert habe. Na ja. In der Notaufnahme, da hat der das gleich abgecheckt die Situation, hat gesagt, die Frau braucht Hilfe, legen Sie sich hin. Hat mich untersucht, und ick war körperlich, psychisch, ich war einfach am Ende, es ging einfach nicht mehr. Der hat gesagt, hierbleiben ist unbedingt wichtig, und ick hab's auch eingesehen, ick hab' nicht mal widersprochen.

Jetzt, nach drei Wochen, geht's mir gut. Also, ick will nicht sagen, daß ich hier nicht mehr weg möchte, aber mir geht's irgendwie gut. Ick kann mich um mich selber kümmern. Also, ich muß wirklich sagen, an dem Abend, wo das passiert ist, da hab' ich wirklich gemerkt, ick hab' gegen mich gearbeitet. Kopf und Seele waren zwei verschiedene Sachen. Die Seele ist da lang gegangen, und der Körper ist da lang gegangen. Wenn ick gesagt habe, ick steh' uff und geh' spazieren, dann hat der Körper gesagt nein. Ja, der hat gestreikt. Wir haben gegeneinander gekämpft, wir haben's Wochen lang, wir haben's Monate. Ick habe gesagt: Ich geh' einkaufen, der Körper hat gesagt, nein, du bleibst liegen. Ick hab' gesagt, ich geh' jetzt auf Toilette, der Körper

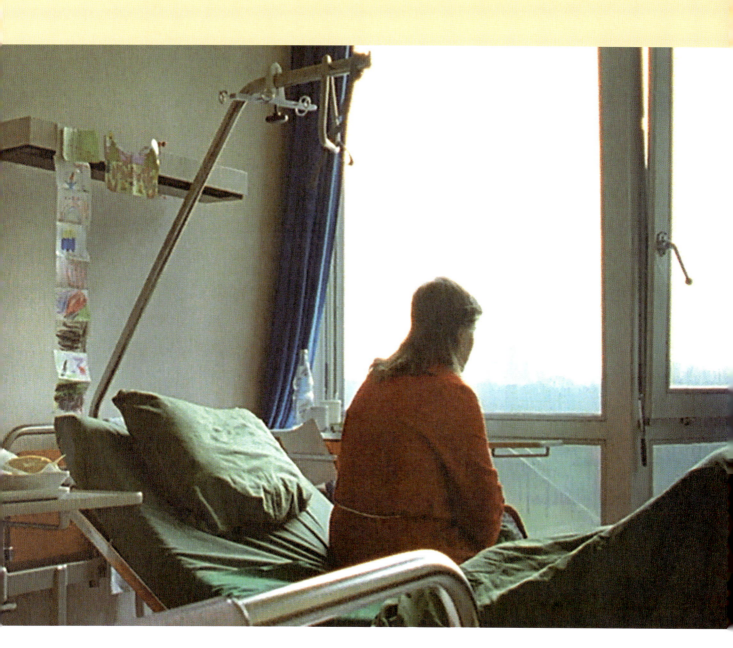

hat gesagt: nein. Jetzt fangen wir langsam an, uns wieder zu vertragen, so langsam wieder 'ne Einheit zu bilden und zu sagen, okay, jetzt verstehen wir uns so langsam wieder. Hört sich vielleicht blöd an, aber anders kann ich's nicht erklären.

Während Marinas Aufenthalt in der Klinik betreuen Nachbarn, das Ehepaar Verch, ihre Kinder.

Herr Verch: Das ist für mich eine ganz schöne Umstellung. Ich bin normalerweise ein Mensch, der nicht sehr ruhig ist und der sehr schnell, da ich nie mit Kindern zu tun hatte, auch ein bißchen ungeduldig wird. Und ich kann das nicht ab, wenn eine Aufgabe da steht, und sie hat das ja schon öfter gerechnet, und das dauert, bis die auf das Ergebnis kommt.

Wir wollten die Kinder nicht ins Heim geben, da war auch meine Frau mit einverstanden. Wir wollten nicht, daß die Kinder auseinandergerissen werden. Okay, wenn man A sagt, muß man auch B sagen. Also haben wir die Kinder mit nach oben genommen, Klamotten gleich mit hoch. Sie schlafen im Ehebett mit meiner Frau zusammen, denn die sollen ja vernünftig schlafen, die müssen morgens zur Schule. Ich mach' mir dann die Couch hier auseinander und schlaf' dann hier. Was auch ein bißchen schlimm war, ist, daß die Kinder von der Mutter getrennt sind, das empfinden Kinder natürlich als ziemlich schlimm.

Jasmin: Also, ich finde, na, wie soll ich sagen, unbekannt, daß man bei anderen schläft und daß man auch immer »bitte« sagen muß.

Herr Verch: Ja, das hab' ich ihr beigebracht. Das war zu Hause anscheinend nicht der Fall. Ich mag das nicht. Ich bin so erzogen worden, wenn jemand was haben möchte, dann kann er nicht sagen: Ich will haben und rennt zum Tisch ran. Dagegen bin ich allergisch.

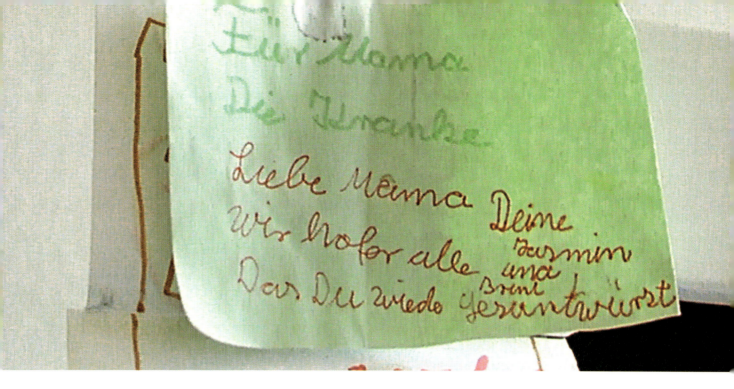

Jasmin: Der Thomas, der steht ja immer früh auf, und dann geht das Licht immer an, und dann ist auf einmal hier immer Radio an, ja, und dann kann man nicht richtig schlafen.

Herr Verch: Ja, dazu muß ich sagen, ich muß morgens wach werden, und das ist ja nun bei ihrer Mutter nicht der Fall. Da sie nicht arbeiten geht, können die Kinder so lange schlafen, wie's geht.

Die Kinder sollen ja Freude haben, hier zu sein, und sie sollen ja auch ein bißchen die Mutter vergessen in dem Sinne, daß sie nicht nur dasitzen und nur andauernd an die Mutter denken und heulen.

Marina sitzt auf dem Klinikbett und blickt aus dem Fenster.

Marina Storbeck: Um die Kinder mach' ich mir eigentlich jetzt keene Sorgen, weil ick weeß, die sind gut uffgehoben. Ich kann mich in aller Ruhe auskurieren und kann so nachdenken und einfach schlafen, wenn ich schlafen will, und werde betreut jederzeit. Ich weiß, hier kann mir nichts passieren.

Also das wichtigste sind hier die anderen Patienten, daß ich abends mit denen lache. Wat ick hier schon gelacht hab', so habe ich in den ganzen 20 Jahren nicht mehr gelacht! Wir haben abends gesessen bis nachts um eins, wir haben Karten gespielt, wir haben, ich weiß nicht was, dummes Zeug geredet. Wir haben uns über die Ärzte lustig gemacht, wir haben uns gegenseitig verscheißert, also wirklich, ick hab' teilweise Lachkrämpfe gekriegt, die haben gar nicht mehr uffgehört. Das habe ich alles zu Hause gar nicht mehr gemacht.

Herr Verch ärgert sich über Jasmins Trägheit bei den Schulaufgaben.

November 1992. Der Krankenhausaufenthalt im Frühjahr war für Marina wie eine Kurz-Kur. Sie faßte danach neue Pläne, einen davon realisiert sie noch im gleichen Jahr: die Renovierung der Wohnung.

Marina Storbeck: Vor hat ich's eigentlich schon lange. Det dauerte natürlich 'n bißchen, weil ick det ja alleene nicht bezahlen kann. Ick will auch überhaupt nicht weiterdenken. Man sollte das vielleicht tun, aber das nützt mir irgendwie nicht viel. Also, ich bin froh über jede Woche, jeden Monat, der ganz gut läuft. Daß ich beschäftigt bin, ob das nun in der Wohnung ist oder halt mit den Kindern. Ich versuche 'n bißchen mehr zu machen, aber weiter will ich nicht denken. Wenn ick jetzt irgendwat planen würde, egal in welcher Richtung, und dann ist wieder irgendein Ereignis, also ick weeß nich, nee – darauf will ich mich irgendwie gar nicht so festlegen.

»Ich beweis' es Ihnen, ich beweis' es mir!«

Zwei Jahre nach der Notaufnahme in eine Klinik ist Marina soweit, sich auch psychisch helfen zu lassen. Auf Anraten der Filmemacher begibt sie sich im Januar 1994 in therapeutische Behandlung.

Marina Storbeck (*zur Therapeutin*): Ick hatte mich schon länger damit beschäftigt, im Hinterkopf, daß ick Hilfe brauche, irgendwo, wenn ick diese Depression hatte, wenn's mir schlecht ging. Aber ich hab's immer wieder verdrängt, weil ich der Meinung war, das schaff' ich, das geht schon immer irgendwie. Aber irgendwann ist es doch nicht mehr gegangen.

... Ick mußte mir auch selber sagen, wenn du was ändern willst, dann mußt du auch die schlechten Sachen, det, was nicht läuft, dieset Vergammeln und det, det mußte auch mal klar anerkennen und sagen: Det ist ja doch so! Wat anderes hast du ja nicht gemacht. Und du hast auch schlechten Einfluß gehabt von andern Leuten, die noch gesagt haben, der liebe Gott wird's schon machen, es wird schon alles irgendwo gehen. Ick hab' mich auch dann zu sehr beeinflussen lassen, ja, und hab' gemerkt, ob der liebe Gott dat nu macht oder nicht, von Warten passiert auch nichts. Es wird immer irgendwie gehen. Aber ich hab' gemerkt, das hilft mir nicht!

Ick hab' erst irgendwann vor'n paar Tagen wieder gemerkt, daß mir das manchmal nix nützt, wenn ick sage, Erziehung ist harte Arbeit, so wie Sie sagen. Erziehung ist harte Arbeit, ick merk' doch, wie schwer det ist! Aber ick möchte det so gerne mal abgeben einfach und sagen: Ach, nicht ich, ich entscheide jetzt nicht. Ick will jetzt nichts entscheiden. Dauernd mußt du entscheiden.

Ick wollte, wat für andere Leute so banal ist, einkaufen gehen, ohne umzukippen ... Ick beweis' Ihnen, daß ich das schaffe, einkaufen zu gehen ..., mit'm Zettel und ohne umzukippen. Ick merke, wenn ick sage, ich beweis' es jetzt Ihnen, beweis' ick es mir. Ich versuch's. Ich tu's jetzt einfach, ich tu's jetzt.

Februar 1994. Kurzfristig gelingt es Marina Storbeck, als Pflegerin Anstellung in einer Geriatrie zu finden.

Marinas Mutter: Da ist sie aufgeblüht, und sie war wer, und sie wurde gebraucht, nicht bloß da, auch zu Hause! Und hatte auch sehr gehofft, daß se dableiben kann. Wenn man das erst einmal gemacht hat, Krankenpflege, ich weiß ja, wie det ist: Ach, vielleicht mach' ich det doch mal wieder!? Aber ich glaub' nicht. Ich hab' das zehn Jahre gemacht und mein Kreuz kaputtgemacht, ich glaub', det wird nix mehr. Aber man kommt davon nicht weg. Das ist ja 'ne Aufgabe! Man muß für andere Menschen da sein, und det kann sie ja.

Wenn ich so meine Minuten habe, die hab' ich oft, da denk' ich denn manchmal: O Gott, soll sich alles wiederholen im Leben, oder wiederholt sich allet, oder erlebt sie jetzt dasselbe wie icke? Es ist sagenhaft, ich denk' immer, det kann nicht sein! Und denn denk' ich an meine Jugend: Wie war denn det bei mir zu Hause, bei meiner Mutter? Und ich hatte auch 'ne Stiefmutter, und – also, über die möchte ich gar nicht reden – es war det Letzte. Ich war von uns drei Kindern auch det letzte, sowieso. Ja irgendwie, mit leichten Abwandlungen: aber irgendwie – es wiederholt sich allet.

März 1994. Marina Storbeck bespricht mit ihren Kindern einen Einkauf. Die Kinder helfen mit festzustellen, wie es um die Vorräte bestellt ist.

Marina Storbeck: Das größte Glück sind meine Kinder, und das zweite ist die Arbeit. Wenn ick das mal bescheiden ausdrücken darf.
So, wer guckt nach im Kühlschrank?
...

Detlef Gumm/Hans-Georg Ullrich: Wieviel Geld habt ihr jetzt im Monat? **Marina Storbeck:** Kann ick noch nicht genau sagen, weil ick noch nicht weiß, wieviel Gehalt ich kriege. Ich hab' erst 'n Teil bekommen, aber det ist auf jeden Fall schon mehr als Sozialhilfe.

Detlef Gumm/Hans-Georg Ullrich: Und, kommt ihr damit aus? **Marina Storbeck:** Richtig auskommen werden wir wohl nie, aber es ist auf jeden Fall besser und ruhiger, und ich brauche nicht mehr so oft einkaufen gehen.
... Ja, wir machen det jetzt so, daß wir einmal im Monat richtig was holen, auch an Vorräten und so, und wenn wat zwischendurch ist, dann holen wir es halt zwischendurch. – So, jetzt rechnen wir mal durch, wieviel wir da ungefähr haben: Trockenfutter ... **Jasmin:** Zweifünfzig ... **Marina Storbeck:** Sei mal ruhig! Det Trockenfutter kostet schon mal die Großpackung elf Mark. Eier: Zwei Mark. Saft auch noch 'ne Mark. Toastbrot ist auch noch 'ne Mark. Also, wenn ich so manchmal auspacke, habe ich das meiste für die Tiere, 60 Prozent, und 40 Prozent für uns. Aber das ist nun mal so.

Da waren's plötzlich drei.
September 1994. Marina ist zum dritten Mal schwanger.

Detlef Gumm/Hans-Georg Ullrich: Hat's dich überrascht? **Marina Storbeck:** Eigentlich ja, doch ja, also, es war nicht geplant. Ich wache schon öfters morgens auf und denke, ick hab' das nur geträumt. Dann die Angst: Ist es 'n ungünstiger Zeitpunkt? Das ist immer 'n ungünstiger Zeitpunkt. Wann hast du 'n richtigen Zeitpunkt, 'n Kind zu kriegen …? Bei mir würde man irgendwann immer sagen, das ist immer der falsche Zeitpunkt.

Aber, jetzt ist es günstig, ich arbeite seit 'nem Jahr, ich bin psychisch stabil, mir geht's gut, die Kinder sind groß, ick bin innerlich glücklich, äußerlich auch, es ist eigentlich alles in Ordnung. Es wird nicht einfach, aber ick bin geübt, mein Gott, ja. Ick denke mir, mein Gott, dann schiebste noch mal eins nach. Ick meine, so wie's ist, so isses, ich kann doch dieses Kind nicht einfach – Abguß runter – und fertig.

Ick hab' gesagt, ja, nach'm ersten ist Schluß, nach'm zweiten ist Schluß, sicher, ja, wat ick damals gesagt hab', dazu steh' ick. Ick steh' immer zu dem, wat ick zu dem Augenblick gesagt habe. Aber ich denke mir, das ist recht, … einfach noch mal meine Meinung zu ändern und zu sagen: Okay, jetzt ist es passiert, und wo zwei Kinder Platz haben, da hat 'n drittes Kind noch Platz. Und 'ne Wohnung kann ich immer noch suchen, das sind so materielle Sachen.

Für mich ist einfach wichtig, daß ich innerlich mit mir klarkomme, daß ick innerlich stark genug bin, erst mal die nächsten Monate durchzustehen. Und ick freu' mich, daß die Kinder sich freuen. Meine Mutter, die hat gesagt, du wirst sowieso noch 'n drittes Kind kriegen, dat hab' ich immer gewußt – und irgendwo hat se recht gehabt. Ich weiß auch nicht, aber dann ist Schluß, dann ist Schluß! Ich glaub', dann lass' ick … ick sag mal, mich kastrieren, sterilisieren lass' ich mich denn. Ich glaube, das ist dann besser. Vielleicht bin ich wirklich nur, bin ick geboren, um zu gebären. Das hört sich blöd an, wa? Aber der liebe Gott weiß auch jetzt noch, ob ich das kriegen soll.

Dezember 1994. Marinas Nachbarn, Frau und Herr Verch, machen sich Gedanken über Marinas Lage.

Frau Verch: Ich kam vom Urlaub im Juli, da hat se mich am Fenster gerufen: Christa, Christa, kannst mal kommen? Da sagt se: Ich bin schwanger. Das habe ich nicht geglaubt. Bis se mir mal so'n kleenes Bildchen gezeigt hat von ihrem Test – wat soll ick da machen?
Herr Verch: Ich meine, die ist ja erwachsen, … wenn das 'ner Fünfzehnjährigen passiert, okay, ist 'n Unfall. Aber sie ist doch alt genug, sie muß doch wissen, was Sache ist!
Detlef Gumm/Hans-Georg Ullrich: Meinen Sie denn, daß sie das schafft, mit dreien?
Frau Verch: Weiß ich nicht.
Nein, in dieser kleinen Wohnung nicht.
Herr Verch: Es kommt auf ihren gesundheitlichen Zustand an, denn Marina ist ja auch Allergikerin.
Frau Verch: Ja, weiß ich nicht. – Paßt mal auf, ich sag das so, wie's ist: Marina ist so wie det Wetter ist, so isse, mal freundlich, mal gut.

»… und wünschen Ihnen, daß Gott Ihnen beisteht«

Marinas Mutter: Ich trau' mich auch oft nicht, wat zu sagen, was vielleicht negativ ist, weil ich denke, o Gott, o Gott. Wir haben auch schon durch solche Situationen ein paar Jahre nicht miteinander gesprochen. Da hat es ihr irgendwie nicht gefallen mit mir. Und als ich dann immer angerufen habe, auch zu ihrem Geburtstag, da hat se aufgelegt. Ich wußte nicht, wie ick an ihr rankommen sollte. Das war 'ne furchtbare Zeit, denn ick vermiss' ja auch meine Enkel. Ist ja nicht nur, daß sie meine Tochter ist.

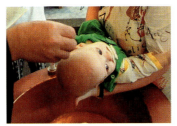

August 1995. Lukas, Marinas drittes Kind, wird getauft.
»Sie, liebe Frau Storbeck, sind jetzt zum dritten Mal hier, Ihre beiden Töchter sind hier getauft, und nun heute der Sohn. Darüber freuen wir uns und wünschen Ihnen, daß Gott Ihnen beisteht …«

Heimlich kam denn Jasmin, die war ja dann schon in dem Alter, daß sie den Weg hierher gefunden hat, und dann: »Sagen wir det Mama, oder sagen wir det nicht«, weil denn Jasmin wieder Ärger gekriegt hätte.

Eigentlich sind wir erst wieder zusammengekommen, als denn der Lukas kam, ihr drittes Kind. Da hab' ich det nicht mehr ausgehalten. Ick wußte eben auch über meine große Enkeltochter, daß Mama jetzt die Tage entbinden mußte und allet, und wie det so ist, ach, det war ja …

Und denn hat Jasmin mir gesagt: Ja, Mama ist im Krankenhaus, det ist soweit. Na ja, und denn hab' ick's am frühen Nachmittag nicht mehr ausgehalten. Ick hab's nicht mehr ausgehalten. Ick mußte sie sehen, ick mußte det Enkelkind sehen und wie es ihr geht und wat det Kleene macht, und ick hab' allet über Bord geworfen, auch daß sie mir die Tür zumachen könnte, daß sie sagt, sie will mich nicht sehen, oder: Wat willst du denn hier? Sowat ist mir allet passiert! Und denn bin ick hin, ins Krankenhaus, hab' ganz vorsichtig die Zimmertür aufgemacht, na ja, und det erste Bett war sie denn schon gleich. Und da saß sie so mit dem kleenen dicken Lukas, und sie sah mich und hat gelacht, und da hab' ich gewußt: okay, ist okay.

Der Himmel scheint heiter: Ein Zimmer mit Balkon

Frühjahr 1996. Marina Storbeck zieht weg vom Bundesplatz in eine Neubauwohnung an den Stadtrand, 3 Zimmer im Hochhaus, mit Balkon. Die beengten Wohnverhältnisse hatten zunehmend zu Reibereien und Streitigkeiten unter den Kindern geführt, zumal zeitweilig noch eine große Hundefamilie zu ihnen gehörte.

Marina Storbeck: Es hat lange gedauert, bis man det Richtige gefunden hat, und jeder will einen ja auch nicht haben. Sagen wir mal so: Sind ja auch drei Kinder und die Tiere.

Erst mal mehr Bewegungsfreiheit. Daß die Situation unter uns, unter den Kindern und bei mir, auf jeden Fall besser wird, ist mein allergrößter Wunsch. Daß wir uns nicht gegenseitig so auf'n Pelz rücken und uns nerven. Weil die Situation hier hochexplosiv war. Bei jeder Kleinigkeit sind hier die Funken gesprüht, und man hat sich gegenseitig fertig gemacht. Mit der großen Wohnung, hoff' ich auch, ist mehr Offenheit, mehr Gefühl von Beweglichkeit und einfach ein besseres Verständnis miteinander da.

Während des Umzugs in die Spandauer Trabantenstadt taucht der Vater von Lukas auf.

Detlef Gumm/Hans-Georg Ullrich: Würden Sie denn mit einziehen wollen in die neue Wohnung? **Lukas' Vater:** Ja, das hängt von einer bestimmten Person ab.
Detlef Gumm/Hans-Georg Ullrich: Von Marina? **Lukas' Vater:** Ja!
Detlef Gumm/Hans-Georg Ullrich: Der zieht nicht mit ein? **Marina Storbeck:** Nee. Er hat schon gefragt, wo sein Zimmer ist. Ick sag', bitte, nee, det Thema lassen wir erst mal. Nee, det ist mir hier schon wieder viel zu eng.
Wenn der seine eigene Wohnung hat, ist das kein Problem. Ick bin nicht der Typ dafür, ick brauch' meine Ruhe und meinen Freiraum. Die Kinder sind wichtig, die gehören dazu, det seh' ick auch ein.
Zwei, drei Tage ist es in Ordnung, auch so, wenn man 'n paar Monate zusammen ist oder weeß ick, auch 'n Jahr, aber nicht jeden Tag und nicht immer. Bin ich nicht der Typ. Ich werde wahrscheinlich immer alleine bleiben, ich werde so nebenher meine Freunde haben, die sind auch alle toll und nett, gibt ja auch tolle Männer, aber nee, nee, nee, kommt gar nicht in Frage!

Weiterer Zuwachs

Frühjahr 1997. Marina Storbeck muß mit den Kindern in der neuen Wohnung wieder stärker zusammenrücken: Ihre Hündin hat 13 Welpen geworfen.

Marina Storbeck: Nachwuchs! Diesmal nicht von mir, diesmal von meiner Hündin. Ick komm' da irgendwie nicht drum rum, wenn ick nicht Kinder kriege, dann ist es

meine Hündin. War auch mal wieder nicht geplant, wie das meiste in meinem Leben nicht geplant ist, aber da muß ich jetzt durch.

Düstere Aussichten

April 1997. Marina und ihre beiden Töchter ziehen Bilanz. Der Umzug hat die alten Probleme nicht beseitigt und neue bahnen sich an.

Marina Storbeck: Jetzt, nach'm Jahr, haben wir uns gut eingelebt. Es gab zwei, drei Augenblicke, wo die Kinder zu mir gesagt haben, sie wollen wieder zurück – seitdem ich auch so dick bin und die Leute mir auch schon hinterhergerufen haben: »Fettes Schwein, üh! hat die 'n dicken Hintern.« Ick habe hier echt krasse Erfahrungen gemacht. Wat ick hier an Erfahrungen gemacht hab', hab' ich in Wilmersdorf nicht einmal gehabt, nicht einmal!

Detlef Gumm/Hans-Georg Ullrich: Und hast du denn noch mit Lukas' Vater zu tun?

Marina Storbeck: Er ist zu seinem Besuchstermin nicht gekommen, und das war's. Er hat eben noch nicht das Verantwortungsbewußtsein, noch nicht mal für sich selbst. Er ist ja selbst noch nicht richtig in dem Sinne 'n Mann. Er hat zwar 'n Kind gezeugt mit mir, aber das heißt noch nicht, daß man 'n Mann ist.

Detlef Gumm/Hans-Georg Ullrich: Hast du denn mal 'n andern Mann kennengelernt?

Marina Storbeck: Nee, also kennengelernt schon, aber... Ick hab' Anzeigen geschaltet, wat ick dann so ab und zu mache, wenn's mich überkommt.

Detlef Gumm/Hans-Georg Ullrich: Wie hast du das inseriert? **Marina Storbeck:** Da hab' ich mir gedacht, jetzt bist du mal knallhart. Ick hab' ja Erfahrungen mit Anzeigen. Es gibt ja Leute, die erzählen dir ja von sich das Beste, det Schönste, und wenn man die dann sieht, denn kriegt man 'n Schreck. Ick habe gesagt, diesen Weg wirst du nicht machen, du wirst offen und ehrlich sein, kurz und knapp, und entweder jemand schreibt oder schreibt nicht. Also habe ich geschrieben: »Junge Frau, 34 Jahre, 105 kg, 170 cm groß, 3 Kids, sucht toleranten Mann bis 40.« Ich bin rund, na und, gibt's denn nur für schlanke Frauen Partner?

Detlef Gumm/ Hans-Georg Ullrich (*zu Sabrina*): Fändest du es denn gut, wenn deine Mutter wieder einen Mann hätte und hier ein Mann im Hause wär'? **Sabrina:** Na ja …

Detlef Gumm/Hans-Georg Ullrich: Was wünschst du dir denn alles, wenn du so an einen Vater denkst? **Sabrina:** Ich hab' eigentlich schon alles, was ich von Mama haben wollte. Also ich bin – wunschglücklich.

Detlef Gumm/Hans-Georg Ullrich: Jasmin, bist du denn mit deinem Leben zufrieden, so wie's ist, oder stellst du dir noch was anderes vor? **Jasmin:** Länger raus dürfen.

Detlef Gumm/Hans-Georg Ullrich: Und wie lange gehst du jetzt raus? **Jasmin:** Also, freitags meistens bis halb zehn und, na ja, in der Woche meistens bis acht.

Detlef Gumm/Hans-Georg Ullrich: Gibt's auch Schlägereien? **Jasmin:** Na ja – schon. Aber meistens schlag' ich dann jemanden, wenn die mir irgendwie auf'n Senkel gehen oder so. Erst gestern hab' ich mich mit'm Mädchen geschlagen, weil sie gesagt hat, daß meine Mutter fett ist und so. Das kann ich gar nicht leiden, wenn jemand so was sagt.

Mai 1998. Die Filmemacher treffen Jasmin mit ihrem Freund außerhalb der Neubausiedlung beim Ausführen der Hündin.

Detlef Gumm/Hans-Georg Ullrich: Möchtest du denn so viele Kinder haben wie deine Mutter? **Jasmin:** Nee! – Wenn ich sehe, was meine Mutter so alles durchgemacht hat mit dem ganzen Streß, und die konnte dann gar nicht mehr weggehen und so, also ich will lieber mein Leben erst mal genießen. Und dann später, wenn ick 'n festen Mann habe und 'ne Wohnung, sagen wir's mal so: wenn ich gesichert bin für's Leben, wenn ick Geld habe und so, Arbeit und so …

Detlef Gumm/Hans-Georg Ullrich: Zu wem hast du denn so Vertrauen? **Jasmin:** Zu meiner Mutter und zu ihm.

Detlef Gumm/Hans-Georg Ullrich: Und wie kommt das, daß du zu so wenig Menschen Vertrauen hast? Jasmin: Na ja, was heißt Vertrauen?
Detlef Gumm/Hans-Georg Ullrich: Sehnst du dich denn manchmal nach'm Vater? Jasmin: Weiß ich nicht. – Eigentlich nicht. Wenn ich 18 bin, will ich ja sowieso zum Jugendamt gehen und die Adresse von meinem Vater haben.
Detlef Gumm/Hans-Georg Ullrich: Und dann? Jasmin: Dann werde ich ihm sagen, daß er 'n Arschloch ist.
Jasmins Freund: Kriegst du Kindergeld von deinem Vater? Jasmin: Ja.
Detlef Gumm/Hans-Georg Ullrich: Würdest du das auch begründen, warum er ein Arschloch ist? Jasmin: Er konnte mich erzeugen, aber um mich kümmern konnte er sich nicht.
Detlef Gumm/Hans-Georg Ullrich: Deine Mutter ist manchmal ganz schön überfordert mit drei Kindern, oder wie siehst du das? Jasmin: Selbst schuld, sag' ich da nur.

Ein letztes Mal im Filmbüro

Sommer 1998. Die Filmemacher treffen sich zu einem letzten Gespräch mit Marina Storbeck und ihrer ältesten Tochter Jasmin im Filmbüro am Bundesplatz. Jasmin ist aus der Schule geflogen.

Detlef Gumm/Hans-Georg Ullrich: Und wie geht's dir, Jasmin? Jasmin: Na, gut. Ich bin aus der Schule geflogen, aber dann doch nicht geflogen.
Detlef Gumm/Hans-Georg Ullrich: Bist du raus aus der Schulpflicht? Jasmin: Nein, das noch nicht.

Detlef Gumm/Hans-Georg Ullrich: Wieso können die dich dann rausschmeißen?
Jasmin: Na ja, ich hab' immer Scheiße gebaut und lauter Tadel gekriegt, und dann wollten die mich nicht mehr, und ich wollte die nicht mehr, und dann bin ich gegangen, und jetzt bin ich bei so 'nem Schulschwänzerprojekt.
Detlef Gumm/Hans-Georg Ullrich: Was möchtest du denn arbeiten? **Jasmin:** Weiß ich noch nicht. – Na ja, eigentlich wollt' ich ja mal was mit Hunden machen, so mit denen immer rumlaufen, wie die manchmal in den U-Bahnen sind, wie die manchmal aufpassen – die kommen gucken, ob alles in Ordnung ist.
Detlef Gumm/Hans-Georg Ullrich: Wachdienst? **Jasmin:** Ja. Ich würd' eigentlich auch Polizei mit Pferd machen. Aber das schaff' ich ja irgendwie nicht. Ich werd's auf mich zukommen lassen. Wenn jetzt 'n Hertha-Spiel ist oder so, da sind doch immer welche auf den Toiletten: Das kann ich machen, da muß ich ab und zu mal durchwischen … Ich pass' auf, daß die da Geld reinmachen und so, und dann muß ich, also anderthalb Stunden bevor das Spiel anfängt, hingehen –, und dann kriegt man 50 Mark.
Marina Storbeck: Das ist doch gut!
Detlef Gumm/Hans-Georg Ullrich: Wird's denn finanziell besser demnächst, oder bleibt's eher gleichmäßig, bescheiden? **Tochter** (*blickt zu ihrer Mutter*): Was guckste mich denn so an?!

»Liebe«

Marinas Mutter: Jetzt, Valentinstag. Da kam 'n Telegramm. So'n Schmucktelegramm, ich hab' das da unten im Schrank drinne. Da waren auf der anderen Seite so Rosen, und die duften. Wenn man so drüber streichelt, kommt 'n Duft. Aber das war es gar nicht. Die beiden Sätze, die auf der anderen Seite standen, die haben mich umgehauen. Ich denke, Mensch, muß ja doch irgendwie wat sein. Da hatte sie geschrieben: »Alles Gute zum Valentinstag und vielen Dank für Deine Hilfe.« Weil ick immer, so wenig wie ick kann – versuch' ihr eben zu helfen. Und denn stand da: »Ich liebe Dich.« Also, det hab' ich von Marina, 'ne , also ick weeß überhaupt nich mehr, so 'ne Zusammengehörigkeit oder so, det weeß ich überhaupt nicht, ob wir überhaupt mal gesagt haben: Ich liebe dich. Ick zu ihr oder sie zu mir.

Kapitel 7

Unsere Leben: eine Abfolge aufleuchtender und verlöschender Punktscheinwerfer, die den Weg durch die Geschichte weisen.
Frei nach Lawrence Weschler

»... die Freude an Buschwindröschen ist die erste,
die Freude am Untergang von Faschisten kommt gleich danach.«
Hans Ingebrand

»Ich fresse alles – außer Bayerischen Leberkäs'.«
Reimar Lenz

Reimar Lenz ist freischaffender Schriftsteller und Publizist, unangepaßter Intellektueller, Lebenskünstler, »linker« Individualist, ein Romantiker: »Beim Sozialistischen Deutschen Studentenbund lief ich unter Reimar Maria Lenz; weil ich Rilke las, das war natürlich anrüchig.«

Jeden zweiten Freitag ist bei ihm – 15 Jahre in einem Dachgeschoß, inzwischen in einem kleinen Hinterhof, Parterre – der Abend der offenen Tür. Diese Abende dienen dem interkulturellen Austausch, vornehmlich der Auseinandersetzung mit dem Islam, dem Buddhismus und dem Christentum, und werden intensiv vorbereitet. Häufig kommen die Gäste aus dem Ausland, immer wieder auch aus Krisen- und Kriegsgebieten. »Kultur«, heißt eine Devise von Reimar Lenz, »ist, was man selber macht.«

Reimar Lenz lebt vom Widerspruch, vom Witz, und natürlich auch von der Selbstdarstellung. Er ist tatenlustig und redselig.

Über seine Kindheit spricht Reimar Lenz nicht so freimütig. Da gibt er sich zugeknöpft, zumindest dann, wenn er über die Veröffentlichung seiner Informationen nicht mitbestimmen kann. Da wird er zum Medienkritiker, im eigenen Interesse. Man kann davon ausgehen: Was er vor dem Mikrofon und vor der Kamera scheinbar spontan – nahezu druckreif – sagt, ist in aller Regel wohlbedacht.

Reimar Lenz wurde 1931 in München geboren. Er wuchs in großbürgerlicher Familie auf: »Mein Vater war Forscher auf dem Gebiet der Humangenetik. Er hat sich aber mit dem ›Dritten Reich‹ verstrickt. Gott sei Dank war er immerhin kein Antisemit.«

Ein »Geburtstrauma« habe ihn, Reimar Lenz, »zeitig vom Urvertrauen erlöst«. Bereits mit 13 Jahren, erzählt er, habe er im elterlichen Bücherregal die Reden Buddhas gefunden, das habe ihn zu einer Zeit, als die »heimatliche Idylle schwarz gewesen« sei, geprägt. Schon als Kind habe er Gedichte verfaßt. Bereits mit 14 Jahren gründete er einen Jugendklub, für den er drei wichtige Programmsätze entwarf: Alle Religionen sind gleichberechtigt. Alle Nationen sind gleichberechtigt. Das kosmische Bewußtsein ist zu pflegen – »Das war meine conclusio aus der Nazi-Zeit, sie ist bis heute gültig!«

In Großbritannien habe er nach 1945 den Reiz fremder Sprachen und Kulturen vermittelt bekommen. Das Studium – Psychologie und Philosophie – habe er abgebrochen, »die Doktorarbeit an die Wand geschmissen«. Später ist er aus der SPD ausgetreten, ebenso aus der Kirche, weil er nun mal, egal wie und wo, »zum Mitläufer nicht geboren« sei.

»Was mich an den Bundesplatz-Filmen so wenig befriedigt«, sagt Reimar Lenz, »sind die verstreuten Schicksale. Ihre Klammer heißt ›Gumm/Ullrich‹. Die Frage ist jetzt die, ob es uns gelingt oder gelingen sollte, von uns, den Filmopfern, Rückschlüsse auf die Täter zu ziehen.«

Darauf erwidert ihm Hans Ingebrand, der mit Reimar Lenz seit 27 Jahren befreundet ist: »Aber, mein lieber Reimar, du bist immer auf das Gesamtkunstwerk aus und auf die Spiegelung. Möglichst reflexionsmäßig von allen Seiten! Aber vielleicht sind das Leben im Kiez und auch der Film nicht so. Vielleicht gibt es verborgene Strukturen, die du gar nicht feststellst. Vielleicht ist es aber auch so, daß wir eben alle zum gleichen Arzt rennen und die gleichen Äppel kaufen müssen. Vielleicht haben wir nichts anderes.«

Hans Ingebrand wurde 1937 im Ruhrgebiet geboren. Sein Vater war Anstreicher. Sein Bruder, geboren 1931, hieß ebenfalls Hans und starb im Alter von fünf Jahren an Diphterie. »Ich sollte der Ersatz sein. Die Mutter hatte das so geplant. Mein Vater hat mich kein einziges Mal auf den Arm genommen. Er hat mich nicht gewollt. Er hatte ein geducktes Wesen.«

Wegen der Bombenangriffe auf das Ruhrgebiet kommt Hans Ingebrand zu Verwandten aufs Land, zu Bauern in ein kleines Dorf, 20 Kilometer von Münster entfernt. Natürlich gab es da Faschisten, doch die Bauern seien eher gegen die Nazis gewesen: »Die Bauern hörten dort ab '43 BBC. Als Kind bekam man das mit. Es wölkte, irgendwie war die Welt nicht in Ordnung. Als die ersten Amerikaner einrückten, darunter auch Schwarze, vergruben die Bauern ihre Schinken in der Erde.«

Auf dem Land, im katholischen Westfalen, erlebt Hans Ingebrand auf Schritt und Tritt eine Drei-Klassen-Gesellschaft: »Am schlimmsten angesehen waren die Flüchtlinge aus Oberschlesien. Die zweite Kategorie waren die Evakuierten, vor allem wenn sie evangelisch waren. Und später, je älter ich wurde, fiel ich auch noch mit meiner Sexualität aus der Gesellschaft. Das waren die Schattenseiten, dazwischen die blühenden Obstbäume.«

Der Junge zieht sich in die Natur zurück. »Meine schönsten Momente hatte ich mit Tieren und in der Waldeinsamkeit.« An einen Esel erinnert er sich zärtlich. Mit dem kam kein anderes Kind zurecht. Der Esel holte immer die Milchkannen vom Bauern-

hof und brachte sie allein zur Straße. Dort mußte nur jemand stehen, um sie ihm abzunehmen, dann ging der Esel auch allein den Weg wieder zurück. »Dieser Esel schmiß alle Kinder runter, nur mich nicht. Er war die erste Bezugsperson nach meiner Mutter.«

In der Dorfschule macht Hans Ingebrand durch zwei Talente auf sich aufmerksam: das Zeichnen und das Laufen. Vor allem im Sprint ist er kaum zu schlagen. Nachdem er seine Gesellenprüfung als Maler absolviert hat, trainiert er im Turnverein Sterkrade 06/07, einem Verein, dem schon sein Großvater nahestand. Die Regionalpresse wird auf Hans Ingebrand aufmerksam. Mit zwanzig lernt er bei Rot-Weiß Oberhausen den Polizeiobermeister Rolf Lamers kennen, mehrfacher deutscher Meister über 5000 und 1500 Meter und Olympia-Teilnehmer von Helsinki.

Der Sport und die Polizei bestimmen von da an den weiteren Lebensweg. Der nur 1,64 Meter große Polizeischüler Hans Ingebrand läuft 1959, mit zweiundzwanzig Jahren, die 100 Meter in 10,7 Sekunden: »Der Kleinste – und der Schnellste! Das war was für das Selbstbewußtsein eines Arbeiterkindes!«

Bei der Polizei macht Hans Ingebrand den Führerschein der Klassen I und III und seine ersten erotischen Erfahrungen mit Männern, quälend heimlich. Er besucht einen Schreibmaschinenunterricht, bekommt »noch etwas Deutsch beigebimst« und landet am Ende als Oberwachtmeister in Moers, wo inzwischen auch seine Mutter lebt, geschieden und zum zweiten Mal verheiratet. Nach einem weiteren Lehrgang wird Ingebrand ins Beamtenverhältnis übernommen, praktisch unkündbar.

Nachts blättert sich der Polizist Hans Ingebrand durch die Akten der Sitten-Abteilung. »Meine zweite Auseinandersetzung mit der eigenen Erotik.« Noch steht er mit seiner verheimlichten Homosexualität unter der Strafandrohung des Paragraphen 175. »Ich, der Polizist, mußte mich verstecken. Ich war ein Wolf im Schafspelz.« 1963/64 hat er seinen ersten festen Freund. 1967 entscheidet er sich, den Polizeidienst zu quittieren. Er will »freiwillig« gehen, »Flagge zeigen«.

Alle, die nicht um sein inneres Motiv für den Austritt aus der uniformierten Gesellschaft wissen, beknien ihn, zu bleiben. Vor allem die Kameraden im Sportklub, die Vorgesetzten, für die Hans Ingebrand ein Aushängeschild ist. Der Großvater bietet ihm sogar 1000 DM an, wenn er nur bleibt und weiter an seiner Sprinter-Karriere arbeitet. Als die Mutter von seiner Homosexualität erfährt, will sie ihren Sohn im er-

sten Moment der Enttäuschung anzeigen. Natürlich tut sie's nicht. »Aber mir war das dann schon egal. Die Gerichte verurteilten da schon nicht mehr.« 1969 wird der Paragraph 175 revidiert, die Brandt-Ära gibt dem ehemaligen Polizisten Hans Ingebrand etwas mehr Bewegungsfreiheit.

In Abendkursen holt Ingebrand nun die Mittlere Reife nach. Er möchte endlich Malerei studieren, auf der Kunstgewerbeschule in Krefeld. Da lernt er Reimar Lenz kennen. Der schlägt ihm vor, zu ihm nach Berlin zu ziehen und sich dort an einer Kunstschule zu bewerben. Hans Ingebrand geht 1972 nach Berlin und hält sich, auch finanziell unterstützt von Reimar Lenz, mit diversen Jobs über Wasser: als Aushilfsverkäufer im Kunstgewerbe und als Kaufhausdetektiv. Auch Katzenbilder malt er für diverse orthopädische Praxen.

Als Hans Ingebrand in Berlin an keiner Kunstschule angenommen wird – seine Vorbilder sind »die Kollwitz und der Janssen, auch wenn ich den als Menschen zum Kotzen finde« – , schult er noch einmal um und wird Masseur. Die Malerei betreibt er weiter, »unabhängig von irgendwelchen Geldgebern oder Galeristen«.

Mittlerweile schreibt er auch »lyrische und märchenhafte« Texte: »Bei märchenhaften Texten muß ich mit mir selbst nicht so kritisch sein. Andererseits reizt mich das Genaue an der Sprache. Was man alltäglich so dahinsagt, ist nicht das Wahre.« Reimar Lenz: »Er ist ein Maler-Poet.«

Hans Ingebrand bezieht heute eine Rente von 800 DM. »Ich habe«, sagt er, auch mit Blick auf seinen Lebenspartner Reimar Lenz, »mein Wissen nicht nur im Kopf, sondern auch in meinen Händen.« Und, im Rückblick auf sein bisheriges Leben: »Ich mußte hart durch den Scheuersack.«

Eine Morgenrunde mit Reimar Lenz

Mai 1988. Reimar Lenz sitzt in seiner etwas chaotisch wirkenden Dachwohnung an der Schreibmaschine. Von hier kann er auf den Bundesplatz hinunterschauen. Die Filmemacher sind zum ersten Mal mit ihrer Kamera da, und so konzentriert er sich auf die Frage nach der späteren Wirkung dieses historischen Augenblicks.

Reimar Lenz: Ach, alle sauberen und ordentlichen Menschen werden jetzt erst mal einen Schock kriegen!

...

Nach Körperkultur im Freibad folgt der morgendliche Gang zum Kiosk.

Reimar Lenz: Was bringt denn die »BZ« heute? Und der »Spiegel«? Also, den kenn' ich ja schon.
»Unheimliche Voraussagen« – Is ja mal wenigstens was Witzijes! ... Also, ich nehme meine Gewohnheitsdroge, den »Tagesspiegel«. Den mag ich zwar nicht, aber steht doch 'ne Menge drin. Immer noch siebzig Pfennig.

Bei der Bäckersfrau Gerda Dahms.

Reimar Lenz: Lassen Sie mich mit den »BZ«-Neuigkeiten in Frieden! *(beide lachen)* Dieses Thema wollen wir gar nicht erst anfangen. **Frau Dahms:** Der kriegt immer 'n Ohnmachtsanfall, wenn der die »BZ« sieht.
Reimar Lenz: Jaja, das hört man gerne, vor allen Dingen, wenn es nicht stimmt. – Zwei Schrippen, wie immer. Haben Sie denn so schönes altes, vertrocknetes Brot für mich? **Frau Dahms:** Ja, ham wa, ham wa! **Reimar Lenz:** Wunderbar, na, Sie wissen ja, ich kauf' gerne 'n bißchen billiger ein. **Frau Dahms:** Der kluge Mann spart ja, nich? Und man kauft günstig ein. **Reimar Lenz:** Genau, genau! Wenn's da so 'ne Möglichkeit gibt, die nutz' ich sofort! ... Wenn ich so viel arbeiten würde wie Sie, auch nur die Hälfte, wär' ich schon längst im Sanatorium. Ich bin nicht faul, aber so'n Arbeitsalltag wie

Ihrer – also nicht mit mir! Das würde ich gar nicht schaffen. **Frau Dahms:** Nö? Das mach' ich allet mit einer Pobacke. ...
(Reimar Lenz ist gegangen) So stell' ich mir meinen Idealkunden vor: Kommt rein, bestellt und geht wieder.
Detlef Gumm/Hans-Georg Ullrich: Wissen Sie, was er macht? **Frau Dahms:** Ja, ich glaub', so'n Schreiberling is der, oder?

Reimar Lenz beim Gemüsehändler. Beide sind Wirtschaftsexperten auf ihre Art und genießen es, die Gesetze der Marktwirtschaft ein wenig zu unterlaufen.

Der Gemüsehändler: Der Spezialhandel ist wieder da. **Reimar Lenz:** Sie sind nicht der erste: Ich habe diese Freihandelsform mit der alten Ostpreußin gegründet, die früher den Gemüseladen an der Ecke hatte, der Frau Tomaschefski. Mit der habe ich auch schon Freihandel getrieben, wie auf'm Basar.
Ich hoffe, Sie betrügen sich nicht bei der Gelegenheit!
Der Gemüsehändler: Na, dann müssen Sie bei Gelegenheit eine Mark mehr bezahlen. **Reimar Lenz** *(auf ein Gemüse zeigend)*: Und das kauf' ich legal, zum richtigen Preis.
Der Gemüsehändler: Und wie wär's damit? **Reimar Lenz:** Nehmen wir, nehmen wir mit. Also, vier Mark fünfzig habe ich noch genau da. – Ich mach' die Augen zu, und Sie finden irgend was aus Ihrem Angebot. ...
Der Gemüsehändler: Drei Mark alles zusammen. Sind Sie ganz gut bedient.
Reimar Lenz: Vier Mark fünfzig hatte ich aber für Sie reserviert! **Der Gemüsehändler:** Heute für Sie drei Mark! **Reimar Lenz:** Dreifuffzig.
Der Gemüsehändler: Gut, wenn Sie mir das geben! – Sie haben ja ein phantastisches Portemonnaie. Das fällt ja bald auseinander. **Reimar Lenz:** Ja, das ist symbolisch. Da fällt immer alles raus, das ist auffällig symbolisch.

Der Gott der Post ist launisch.
Vor seiner Haustür begegnet Reimar Lenz der Briefträgerin.

Reimar Lenz: Sie sind die Hauptperson! Wissen Sie weshalb? Weil mein ganzes Geschäftsleben über Sie läuft.
Briefträgerin: Da soll'n Se reichlich bekomm' heute!
Reimar Lenz: Ob meine Weisheit gedruckt wird, oder ob die nicht gedruckt wird, das entscheiden Sie, ja?
Briefträgerin: Na ja.
Reimar Lenz: Schöne Post! Ist zum Teil von völlig unbekannten Menschen. ... Also, was so an Post kommt: »Bitte weisen Sie mir sofort alle Landkommunen nach, die es in der Schweiz gibt!« – Weil ich mich so mit der Alternativkultur beschäftige, nicht? Also, setze ich mich hin und versuche, die Landkommunen in der Schweiz rauszubringen. »Was ist mit Meditation in Dortmund los?« – Irgendwie krieg' ich das raus. Der Gott der Post ist sehr launisch. Was er bringen soll, bringt er nicht – also zum Beispiel den Superliebesbrief oder endlich die wirkliche Anerkennung –, und was er nicht bringen soll, das bringt er: Rechnungen, Reklame, Zuschriften von den unmöglichsten Leuten.

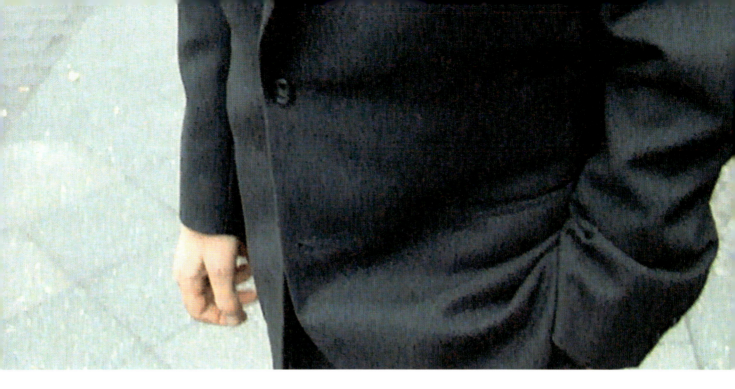

Ein schwarzer Tag

Januar 1989. Wahl zum Berliner Abgeordnetenhaus: Reimar Lenz zeigt sich von einer ungewohnt staatsbürgerlichen Seite.

Detlef Gumm/Hans-Georg Ullrich: So bürgerlich gekleidet? Warum? Reimar Lenz: Ach, es ist ein schwarzer Tag, und ich sehe sehr, sehr schwarz, und das muß man irgendwie zum Ausdruck bringen.

Detlef Gumm/Hans-Georg Ullrich: Was versprichst du dir für die nächsten vier Jahre? Reimar Lenz: Nichts Neues.

Detlef Gumm/Hans-Georg Ullrich: Und für dich selbst – beziehungsweise: weltpolitisch? Reimar Lenz: Ich bin jetzt gar nicht vorbereitet auf Fragen! Da muß ich mir mal Gedanken machen. – Was ich mir weltpolitisch verspreche?

Detlef Gumm/Hans-Georg Ullrich: Na ja, Perestroika, Bush, Kernkraft ... Reimar Lenz: Jajaja, das sind Themen, die mich sehr beschäftigen. Es wäre an sich historische Notwendigkeit und ein günstiger Zeitpunkt, zu Absprachen zwischen Ost und West zu kommen, das wäre sehr nützlich, für die Dritte Welt, für die Rettung der Umwelt, für Senkung der Rüstungskosten, für Friedenssicherung. Und ich sehe nicht, daß man diese Chance bisher bewußt genug anpackt. Man geht den östlichen Abrüstungsvorschlägen nicht genügend entgegen. Es gibt tausend Winkelzüge und abwartende Haltungen. Es gibt zum Teil völlig gegenläufige, falsche Signale: hundert Milliarden D-Mark für einen Jäger 90 auszugeben und so weiter. Und ich versteh' das nicht recht, weil es ja im langfristigen Interesse des Westens und seiner Industriegesellschaften sein müßte, sich auch wirklich abzusichern und für die eigenen Kinder ein Leben zu sichern. Ich begreife nicht, daß man die jetzigen Chancen nicht grundsätzlicher nutzt. Und da bin ich 'n bißchen in Sorge.

Detlef Gumm/Hans-Georg Ullrich: Wie kommt man an solch einen Anzug in deiner Situation? Reimar Lenz: Ja, der ist aus einer andern Zeit. Man weiß ja überhaupt nicht, in welche Zeit man eigentlich gehört. Die Zeiten wechseln ja auch so rasch.

»Schlage die Trommel und fürchte dich nicht.«

Juli 1989. Reimar Lenz und sein Freund Hans Ingebrand haben wie schon seit langem Freitag abends Gäste. Alte Bekannte und Freunde, politische Weggefährten, wie die Mitstreiter von der Mahnwache an der Gedächtniskirche, Ausländer, Asylsuchende, Neulinge, die von dem »Salon der etwas anderen« gehört haben. Anwesend ist auch die Gräfin Maltzan, eine schon damals legendäre Figur aus »dem anderen Berlin«.

Maria Gräfin Maltzan war Tierärztin und lebte zwischen 1938 und 1945 in der Detmolder Straße am Bundesplatz. Zwischen 1942 und 1945 versteckte sie dort in ihrer Wohnung verfolgte Jüdinnen und Juden. In Zusammenarbeit mit der schwedischen Kirche und Widerstandsgruppen ermöglichte sie ihnen die Flucht aus Deutschland. Unter dem Titel »Schlage die Trommel und fürchte dich nicht« erschien inzwischen ihre Biographie. Die Gräfin, geboren 1909, gestorben 1997, hatte ein Lebensmotto, das von ihrem Vater stammte: »Wichtig ist, daß du mit einem reinen Gewissen schlafen gehen kannst.«

Die Gräfin: Ich wohnte in der Detmolder Straße in der Wohnung parterre oben. Als Arzt war ich im Tierschutzverein und hatte als Helfer zwei ukrainische Jungs aus dem Lager. Und der eine Junge kam an und war verfiebert und krank. »Was hast du denn?« Ich sage: »Du mußt nach Hause, Junge. Du hast ja hohes Fieber! Du kannst doch nicht arbeiten!« Und dann sagt der: »Um Gottes willen, schicken Sie mich nicht ins Lager, wenn ich krank bin, dann werd' ich sofort weggespritzt.« Also, das wußte so'n Kind! Und dann hab' ich der Leiterin – die eine wahnsinnig komische Person war, weil ein oberanständiger Mensch – gesagt: »Hör'n Sie mal, wir haben doch da unten ein Zimmer, stellen Se 'ne Bettstelle rein, wir behalten den hier, der hat 'ne ganz schwere Grippe.« Und ich sage: »Den bring ich ja schon durch!«

Und dann hab' ich ans Lager geschrieben, er müßte vierzehn Tage bei uns wohnen, wir hätten so viele Hunde, die geworfen hätten, wir müßten einen nachts da haben. Und die haben auch nicht nachgefragt. Und dann hab' ich ihn auch langsam gesund gemacht, nich? Der hat auch überlebt.

Handel mit der SS

Die Gräfin: Also, wir wollten jemanden wiederhaben, der verhaftet war, der, weiß Gott, politisch oder wie ... Wir verhandelten mit der SS, und dann ging das so: »Ja also, was wir dafür bezahlen?« Und dann wurde das und das an Naturalien – und dann kam: »Also, noch 'n Pfund Zucker und 'ne Stange Zigaretten, dann könn Se 'n haben.« So wurden menschliche Köpfe gehandelt. Von deutscher SS.
Reimar Lenz: Wie war das mit der Nachbarschaft hier?
Die Gräfin: Sie meinen jetzt auf der Detmolder Straße? – Stolze Nazis wohnten da! Denn sehen Sie mal, wie die Russen einmarschierten, am zweiten oder dritten Tag, also, da an der Ecke – die jetzige Schule, da war ja ihr Hauptquartier, und da hatten sie ihre Pferde, und da war'n auch sehr viele von den Soldaten untergebracht –, da hat aus der Weimarischen Straße, aus'm Fenster aus'm dritten Stock, einer 'n Russen erschossen. War auch sehr gemütlich ...
Und dann haben sich die Deutschen empört, weil sie aus zehn Häusern je einen Mann rausgeholt haben, da ham se gesagt: »Es wird von jedem Haus eine Person erschossen.« Und da ich alleine dasaß mit zwei Russenkindern und einem jüdischen Mann, sah ich mich nun schon so enden. Und dann sind die kleinen Russen-Mädchen raus und haben gesagt: »Ihr seid wohl wahnsinnig! Uns hatten se die ganze Zeit durchgebracht und einen Jüdischen und viele Menschen, und ihr könnt da doch jetzt nicht ...« Und dann ham se's gelassen und sind ein Haus weitergegangen.
Man ist ja so gemein, daß man sich freut, daß se 'n Haus weitergehn, nich? Is ja sehr menschlich, aber auch nich grade edel ...

Der Russe kommt

Die Gräfin: ... Und dann, wie die Panzer reinkamen, sind die russischen Kinder, die bei mir war'n, raus und ham mit denen gesprochen. Die waren natürlich platt, russische Kinder zu finden, die tadellos angezogen, anständig ernährt und gut versorgt waren. Und dadurch habe ich zu den Russen sofort einen sehr guten Kontakt gehabt.
Bei mir saß immer ein Oberst Lasow, genau wie jener, der auch bei Hitler gedient hat, der flog alle vierzehn Tage nach Moskau zur Berichterstattung. Also, er muß ein höherer Mann gewesen sein. Der verbrachte seine Abende meistens bei mir, und dann hat er mir sehr viel erzählt, und er hat gesagt: »Meine Truppe, die ich führe, ist sechstausend Kilometer weit hin und her gegangen in Rußland, durch verbranntes Land.

Man stelle sich vor: Auf dem Hof ist ein Brunnen, da sind uns die kleinen Kinder lebend reingeworfen, die Frauen zum Teil umgebracht, die Männer erschossen worden, oder sie hingen an Bäumen ...«
Ja, und das macht ja auch keine sehr gute Stimmung auf das Volk, auf das man zumarschiert, die das getan haben.
Das heißt, das haben die Deutschen in Rußland gemacht!
Und wir müssen uns im klaren sein, was ungern gehört wird – und ich bin ja mit Generalität und alles wirklich verwandt –, die deutsche Armee hat sich auch nicht einwandfrei benommen. Es haben sich welche – aber nicht alle!
Ich will Ihnen etwas sagen: Meiner persönlichen Ansicht nach ist Zivilcourage keine hehre deutsche Eigenschaft!

Deutschland, einig Vaterland!

November 1989. Die Mauer ist offen. Die Mahnwachen-Gruppe, die in den letzten 16 Jahren vor der Kaiser-Wilhelm-Gedächtniskirche so manchen harten Strauß ausgefochten hat, etwa bei ihrem Protest gegen den atomaren Rüstungswahn in Ost und West, und dabei nicht selten den Schmähruf zu hören bekam: »Geht doch nach drüben!«, sieht sich plötzlich mit neuen Gesprächspartnern konfrontiert: (selbst)befreiten Bürgern aus der DDR.

Reimar Lenz: Ich merke überhaupt, daß manche aus dem Osten auf so 'ne kleine Mahnwache sensibler reagieren als Leute hier. DDR-Bürgerin: Vielleicht, weil wir ja sehr damit konfrontiert sind zur Zeit.
Reimar Lenz: Na ja, zumindest sind Sie sehr bei der Sache, das hab' ich bei vielen schon gemerkt. DDR-Bürgerin: Ich bin erst mal froh, daß mir das alles erscht mal so weit erkämpft haben. Das hätten mir halt noch nie für möglich gehalten.
Es ist schön, daß man jetzt fahr'n kann. Hätte unsre Regierung das gleich gemacht und sich nicht stur gestellt ... Vor dreißig Jahrn zum Beispiel, dann wär' uns viel erspart geblieben. Wäre das ganze Drumherum, der ganze Ärger nicht gewesen, der Meinung bin ich auch.

Man wird ganz still – oder: gucken gehen

DDR-Bürgerin: Nu, jetz gucken wir uns das alles an, nee? Is doch schön! Oder? Beeindruckend. Das Ganze ist im Moment zu viel. Wir müssen erscht mal alles schön verarbeiten und alles schön in Ruhe angucken. Man wird auch ganz still.
Reimar Lenz: Still? **DDR-Bürgerin:** Ganz still und nachdenklich.
Man ist doch aufgewacht, ja? Das ist vorbei, ja?
DDR-Bürgerin: Wir sind dabei, im »Neuen Forum«. Auf jeden Fall: Auf die Straße gehen, ist mir auch sympathisch.

Wenn der Groschen fällt

DDR-Bürger: Also, wenn man unsre Abwertung sieht jetzt hier, wieviel unser Geld wert ist – da kommt einem noch mehr das Grauen! Da kriegen wir es wirklich mit der Angst zu tun, was mit unsern Spargroschen wird. … Unsre Rente ist fertig! Es is wirklich zum – zum Weinen is das! Die ist gefährdet, unsere Rente jetzt, weil viele übergesiedelt sind. Na ja, das ist jetzt schlimm.
Mahnwachenteilnehmer: Deswegen bin ich ja auch für Abrüstung. Dann hätte man wieder ein bißchen mehr Geld über, sowohl hier als auch drüben.

Niederschlag in den Medien
Küchendisput zwischen Hans Ingebrand und Reimar Lenz über aktuelle politische Ereignisse und ihren Niederschlag in der Tagespresse.

Reimar Lenz: … Du weißt, daß ich hier gelegentlich als stellvertretender Legationsrat erscheine. … Denn du hast nicht immer so viel Zeit, vernünftigerweise, Zeitung zu lesen, während ich mir immer alles merke, was in der Zeitung steht. Ob dadurch die Welt besser wird, weiß ich nicht. Aber im Extremfall muß ich deine Intelligenz zu Hilfe nehmen, wenn mir das geistige Kleingeld ausgeht.
Zum Beispiel folgender Fall: Laut »Tagesspiegel« von gestern ist mit Zerberus was los. »Zerberus« ist hier wohl der Deckname für einen Störsender, der im Tornado eingebaut werden sollte, damit der böse Russe und die NVA-Abfangjäger den Tornado nicht zu fassen kriegen, wenn der nach Osten rollt. Inzwischen ist das ja alles gar nicht

mehr so aktuell. Aber trotzdem sind dafür eins Komma zwei Milliarden Mark ausgegeben worden, und zwar am Bundestag vorbei.
Hans Ingebrand: Überhaupt, es schwirrt zur Zeit nur von wichtigen Meldungen. Zum Beispiel »Vater Graf«, der ist schon seit über einer Woche in den Schlagzeilen auf der ersten Seite. ... Nur weißt du, lieber Reimar, die wirklichen Skandale dieser Welt, die liegen ja ganz woanders. Die liegen ja nicht bei Herrn Graf und daß der 'ne Freundin hat, sondern die liegen dort, wo wir's schon eben angetippt haben: daß nämlich demokratische Gremien umgangen werden und daß beispielsweise der Wald, der Amazonas kapputtgeht. Das sind die wirklichen Skandale und die wirklichen Meldungen dieser Welt. Und daß jeder zweite auf dieser Welt mittlerweile zu den Armen gezählt werden muß, und daß die reichen Industrienationen ein Vielfaches an Energie verplempern im Verhältnis zu den armen Nationen und so weiter. Dreiviertel der Energie wird auf dieser Welt von einem Viertel der Bevölkerung verplempert.
Reimar Lenz: Das hast du alles so in deinem Kopf, und dann kriegst du zum Schluß Schlafstörungen. Siehste, jetzt wundert mich gar nichts mehr. Es wäre besser, du würdest mit mir am Sonntag eine Fahrradtour machen in die berühmte DDR, noch gibt es sie ja. Immer um den Todesstreifen rum, da blüht das neue Leben aus den Ruinen.

September 1990. Reimar Lenz betreibt mit seinem Freund Hans Ingebrand Wintervorsorge in den Holunderbüschen im Wilmersdorfer Volkspark.
»Ich finde die Leute viel exotischer, die bei Bolle irgendwelche exotischen Früchte kaufen für teures Geld.«
»Ganz normale heimische Kost ist das!«

214

Zu Hause bei Hans Ingebrand

Hans Ingebrand: Ich male ab und zu Bilder. Früher hab' ich das kontinuierlicher gekonnt und hab' es dann auch über Jahre durchgehalten, mit einem Brotberuf, einem Job nebenbei, als eine Art Hauswart in Mariendorf. Das hat sich aber langfristig nicht durchhalten lassen, weil ich in finanzielle Schwierigkeiten kam. Deswegen mußte ich die Malerei, wie man so sagt, an den Nagel hängen. ...

Im Allerheiligsten
Hans Ingebrand im Keller, Kerzen anzündend

Wenn ich in mein Kellergewölbe komme, verharre ich hier manchmal bei der Statue. Ich bin in der buddhistischen Gesellschaft. Man könnte sagen, das ist eine rein äußere Sache, aber meine innere Beziehung zum Buddhismus ist schon da. Ich finde zum Beispiel einige Ideen des Buddha hervorragend. Zum Beispiel die Idee der Schlichtheit, der Einfachheit. Die Idee eines liebevollen Lebens, wir sagen als Buddhisten: »in meta«, also daß man sich bemüht, in einer schlichten, liebevollen Art auf alle Wesen – ich betone: auf alle Wesen – zuzugehn, und sie auch so behandelt, was wir ja in der heutigen Zeit vielleicht vernachlässigt haben.

Diese Gedanken des Buddha faszinieren mich schon, und ich versuche, nach ihnen zu leben. Über anderes könnte man streiten. Zum Beispiel darüber, ob alles Leiden aus dem Begehren kommt in dieser Welt. Da zweifele ich, muß ich ehrlicherweise sagen, so ein bißchen. Da krieg' ich meine Glaubenszweifel. Die Christen kennen das ja auch, die Anfechtungen, die Glaubenszweifel, die dann kommen. Und trotzdem halte ich an dieser Figur doch irgendwie fest.

»Menetekel auf nackter Haut«
Juli 1991. Reimar Lenz deklamiert anläßlich seines 60.Geburtstages aus seinem Oratorium »Komm, Heiliger Kontrapunkt«.

KOMM, HEILIGER GEIST, –
Du schienst das Licht der Welt,
Ordner der Ordnungen.
Die Religionen waren einst Deine Spiegel
Und Dein getrübter Widerschein.
Nun bist Du ein alter Opa.
Mach Dir nichts draus. Trau Dich
Ruhig her zu uns, denn Du bist der Mann
mit der Lebenserfahrung, mit ungebrochenem
Schwung: immer noch im Tierschutz tätig.
KOMM, HEILIGE SEELE!
Ja. Komm auch zur Party, Du.
Einst wurdest Du als himmlische Sophia hoch verehrt.
Nun bist Du eine alte Oma.
Mach Dir nichts draus.
Denn ohne Dich wäre es nur halb so schön.
Du bist die ideale Rollenbesetzung
für Mozarts nachgelassene Oper »Die Gärtnerin aus Liebe«.
Schließlich hast Du
uns den Hinterhof begrünt.
HALLO LEIB!
Früher hätte man Dich ganz anders angesprochen;
denn da verehrten wir Dich als Adonis.
Die Zeiten sind vorbei.
Nun bist Du »Knackarsch«, »spritziger Boy«.
Mach Dir nichts draus.
Denn bei mir hast Du Chancen, rein spirituell gesehen,
und zwar als Masseur.
Du sollst mein Prophet sein.
Gelobt seist Du, wenn Du nächste Woche kommst

und dann nicht Hebräisch, Aramäisch, Griechisch,
Lateinisch oder Arabisch mit mir sprichst; sondern
der soll mein Prophet sein,
der mir schreibt
Graffiti und Menetekel
auf die nackte Haut.

»Läßt sich Intuition mit Intuition verbessern?«

Oktober 1991. Reimar Lenz unterhält sich mit einem behinderten Kollegen über das Wesen und die Möglichkeiten der Poesie unter besonderer Berücksichtigung der Eigenheiten des jeweiligen Autors.

Reimar Lenz: Seit siebzehn Jahren, alle vierzehn Tage, werden Gedichte vorgetragen und besprochen, und dann gibt's bestimmte Fragen. Zum Beispiel: was gibt's Neues? **Der Dichter:** Ich hab' neue Dinger mitgebracht. **Reimar Lenz:** Neue Dinger, ja, das ist das wichtigste. Also, wie war das? Ich habe vor nunmehr siebzehn Jahren – man wird alt – den Gerhard hier, wohl durch höheren Zufall, in der Nervenklinik kennengelernt, als ich jemand anders dort besuchte, dem ich helfen wollte. Und da, nehme ich an, kamen wir im Gespräch drauf, daß du schreibst. Und das interessiert mich. **Der Dichter:** Ich hab' dich angesprochen. **Reimar Lenz:** Du hast mich angesprochen. Das interessiert mich prinzipiell, wenn Leute aus ihrem Schicksal etwas machen und sich auch schriftlich Rechenschaft geben. Und dann hab' ich die ersten Blätter gesehen, das war ziemlich Kraut und Rüben und Rhabarber. Man hätte erschreckt sein können. Aber ich hatte damals schon die Idee: Da steckt was hinter.

Reimar Lenz liest aus »Fata Morgana« von seinem Dichterkollegen.
FATA MORGANA.
Der Omnibus ist voll besetzt.
Er rattert über steinigen Boden in einer Wüste Arabiens.
Die Klimaanlage im Bus ist überarbeitet und schafft Frischluft nur in begrenzten Maßen.
Allein, die Passagiere brauchen in dieser Öde Luft zum Atmen – oder nicht, ist egal.
In der Ferne tauchen plötzlich Palmen auf.
Eine Fata Morgana?
Die Fahrgäste schwitzen, Wasser ist knapp, und die Reisenden hecheln, als ein Tankzug am Horizont aufkreuzt.
Leider, leider:
»Standard-Oil« steht drauf.«

Reimar Lenz: Herkömmliche Lyrik ist das nicht. Das ist irgendwie so eine Kürzestgeschichte, nee? **Der Dichter:** Prosagedicht. **Reimar Lenz:** Prosagedicht. Nennen wir es ein Prosagedicht oder eine Kürzestgeschichte.
Naja. Ziemlich aus einem Guß, find' ich. Find' ich ganz aufregend.
Der Dichter: Bei mir ist es so, daß ich den größten Teil gar nicht verarbeiten kann, weil ich ja einen Unfall hatte, und der Reimar sagt mir zwar Dinger, was ich richtig und falsch mache, aber das geht gar nicht bei mir rein, das nehm ich gar nicht auf.
Reimar Lenz: Also, von richtig und falsch sag' ich nichts, sondern ich stelle Fragen, ob man die tollen Ideen von Gerhard – und wir haben ja heute sehr wenig davon nur bringen können –, ob man die nicht noch formal besser rausbringen kann. Und da sind wir ganz gut eingespielt, glaub' ich, daß man die Werkstücke so ein bißchen überpoliert mit Sandpapier. Mehr mach' ich ja gar nicht. Und auch das mach' ich nur als Vorschlag. Ob man nicht hier eine Zeile kürzen kann und so.
Der Dichter: Ich hab' mal 'ne Frage, Reimar: Kann man mit Intuition arbeiten? Oder sollte man das tun? **Reimar Lenz:** Ja, weißt du, die ganz großen Dichter machen das in einem Aufwasch. Der Nietzsche schreibt einen Zarathustra in vierzehn Tagen, und Goethe kann das auch in einem. Und Dichter wie wir, die das nicht so gut können, die müssen oft zwei Arbeitsgänge haben. Die haben auf der einen Seite gute Ideen, wie

du, Intuition, ja?, und können sich aber nicht gleich auf das schöpferische Material verlassen. Die müssen das noch überarbeiten, da hilft oft nichts.
Der Dichter: Dann kann es doch sein, daß das erste, die Intuition, also das Spontane, daß das die Wahrheit ist? **Reimar Lenz:** Ja. Das ist oft so bei Komponisten und Dichtern, daß sie einen großartigen Einstieg haben, und man merkt richtig, wie die Spannkraft der Intuition nachläßt und sie nachher zum Nachklavierer greifen müssen. Das geschieht auch bei größten Geistern.
Der Dichter: Reimar, ich hab' da mal 'ne Frage: Kann man Intuition mit Intuition verbessern?

Götterdämmerung im Advent
Dezember 1992. Reimar Lenz präsentiert den Filmemachern seine Fotoinstallation »Götter des Monats«, ein Schauspiel mit wechselnden Hauptrollen.

Reimar Lenz: Ich wollt' Ihnen ja immer schon mal die »Götter des Monats« zeigen. Das sind Bilder von Leuten, die mich interessieren. Mit denen setze ich mich auseinander, die werden hier im Copyshop für zwanzig Pfennig vergrößert, und dann ist hier Leben an der Wand.
Das ist nur so zur Animation des Geistes gedacht.
Ist übrigens von einer gewissen Symmetrie. Hier sind zwei Religionsstifter, hier sind zwei Musikanten – es hat alles seine Ordnung, ja?
Und hier, das ist ein Halbgott, der ist ganz frisch, den kenn' ich erst seit gestern. Kennen Sie den? Der heißt Giovanni di Lorenzo und gehört zu den vier Mann, die in München

durch Privatinitiative diese Riesendemo mit den Kerzen auf die Beine gestellt haben. Deshalb wird der kurz in den Götterstand erhoben. Er ist aber bestimmt nächste Woche schon wieder weg.

Diese Frau ist auch erst heute früh drangekommen, ja? Die ist zur Zeit ziemlich eingekastelt und bewacht von lauter Truppen. Das ist die junge Chefin der Opposition in Burma gegen dieses Soldatenregime.

Andere Größen sind nicht so wichtig, ja? Obwohl sie mir auch Spaß machen. Dieses kesse Mäuschen hier zum Beispiel, der Miles Davis da in jungen Jahren, da merkt man ja, was da für ein Leben in den Augen ist.

Das ist auch ein Test für Gäste. Manche gehen auf den Balkon und interessieren sich für den Preis der Balkonbenutzung. Ist auch legitim, ja? Und andere beißen sich hierdran fest und sagen: Ach, was ist denn das für eine Frau? Und schon ist man im Gespräch!

Im Overall oder Rundum erneuert

März 1994. Reimar Lenz verläßt seine Mansarde und zieht um, nur ein paar Schritte weiter, in einen Hinterhof in der Detmolder Straße, Parterre. Gleich nebenan hat Hans Ingebrand seine Wohnung.

Reimar Lenz: Ah! Jetzt werde ich mit dem Handwerk konfrontiert. Ich versteh' es nicht, aber ich muß es verstehen. Wenn bei uns zu Hause irgend was nicht in Ordnung war, dann sagte meine Mutter: »Der Mann muß kommen, der Mann muß kommen!« Und der Mann, das war der Elektriker oder der Tischler. Der kommt aber hier nicht so schnell. Der Mann, der muß ich selber sein, ja?

Ich habe tiefen Respekt vor Handwerkern. Aber es gibt manchmal nicht nur Vorurteile bei Intellektuellen gegenüber Handwerkern, die ich nicht teile, sondern es gilt auch umgekehrt: daß dann die Leute sich an mir rächen und sagen: »Was! Herr Lenz? Sie können nicht mal einen Nagel in die Wand einschlagen? Sowas ham Sie wohl nicht gelernt! Ja?« Und dann soll ich nun ganz klein werden. Das nützt mir aber auch nichts, ich muß ja ran, nich? So ein Umzug ist ja keine Kleinigkeit.

Ich denke, so ein neuer Raum formt einen neuen Menschen. So eine Dachwohnung mit Winkeln und Ecken überall, die kann man vollmüllen. Die kann man gar nicht so

ordentlich und sauber halten. Und hier muß ein sauberer, ordentlicher Mensch hin. Das gibt einen repräsentativen Raum. Wir werden jetzt wahrscheinlich sogar abschleifen. Dann kommen hier die Bücher rein. Die Meditations- und Diskussionsgruppe, die wird ein völlig neues Diskutiergefühl haben. Man wird dann die Schuhe ausziehen müssen, denn das wird ein gutes Parkett; zum ersten Mal im Leben, es soll ein bißchen schmuck werden. Das bietet sich nun geradezu an, ja?
Das heißt, die neue Wohnung braucht einen neuen Reimar Lenz.

Das Gold des Insulaners: Lumbricus terrestris
Zwischen Mülltonnen und Fahrradständern hegt Hans Ingebrand das Grün in seinem Hinterhof

Hans Ingebrand: Das ist hier mein Schrebergarten, ein vermauerter Schrebergarten, kann man sagen. Denn das Ganze ist auf dem Schutt des Zweiten Weltkrieges aufgebaut. Hier gibt es nur eine ganz dünne Humusschicht, ein paar Millimeter vielleicht, und darunter kommt dann vielleicht zwanzig, dreißig Zentimeter Lehmerde. Und dann gibt es da Steine. Also, es ist ein Wunder, daß dieser Baum hier überhaupt so groß geworden ist. Ich kenne den noch, da war der nur halb so groß. Der ist wahnsinnig gewachsen in den letzten Jahren. Ich wohne ja nun auch schon bald zwanzig Jahre hier, und es ist erstaunlich, daß der sich durch den Nachkriegsschutt so durchgebohrt hat.
Reimar Lenz: Halt keine Volksreden, nun mach doch mal was, damit ich hier mal was sehe.
Hans Ingebrand: Also, im Herbst gibt's hier immer eine Grabung. Ich grabe hier nach

ökologischem Gold, könnte man sagen, denn der Regenwurm spielt in der Ökologie eine sehr entscheidende Rolle. **Reimar Lenz:** Weiß man alles gar nicht so, das muß einem erst mal der Hans erzählen. So, jetzt bring uns doch mal einen.

Hans Ingebrand: Ich habe den Verdacht, daß der mir hier entwischt ist. Der merkt, daß hierdrauf gegraben wird. Das hat er nämlich nicht so gerne.

Wir haben hier eine ganze Nahrungskette: Der Regenwurm ernährt sich von den Blättern, vom Regenwurm lebt wiederum die Amsel, zum Beispiel, und die Amsel wird wiederum von der Katze geschlagen. Der gemeine Regenwurm, oder auch »Tauwurm« genannt, nennt sich im Lateinischen lumbricus terrestris. Am bekanntesten dürfte der Mistwurm sein. Der stinkt ein bißchen, aber die Angler haben ihn sehr gerne als Köder.

Angst auf der Straße

Winter 1995. Die Anschläge rechtsradikaler Gruppen auf Ausländerwohnheime haben auch die Freitagsgruppe um Reimar Lenz mobilisiert. Reimar Lenz hat Vietnamesen zu sich eingeladen.

Reimar Lenz: Ich habe in meinem Leben sehr viele Stunden damit verbracht, Predigten zu hören zur Vergangenheitsbewältigung. Und diese Predigten waren sehr ernst. Die kamen im Fernsehen, die kamen im Rundfunk, und immer hieß es: »Wir müssen uns bessern, denn wir haben einen entsetzlichen Nationalsozialismus hinter uns und einen schlimmen kommunistischen Staat. Und nun wollen wir alles ganz anders machen: Die Minderheiten wollen wir schützen, wir wollen einen Rechtsstaat begründen.«

Mir war bei diesen Predigten nie so ganz wohl, weil ich dachte, das klingt gut, das ist alles richtig, nur die entscheidende Pointe fehlt, nämlich, wie sieht es mit den Menschenrechten heute aus in der Welt – und bei uns? Schon allein die Tatsache, daß diese ausländische Kollegin heute nicht auf eigene Faust mit der S-Bahn fahren konnte: Wo leben wir denn? Was ist das für ein Zustand, daß sie gebracht werden müssen?

Der Vietnamese: Ich bin alleine hier auf der Straße gegangen. Es war so dunkel.

Mitglied der Freitagsgruppe: In Ost-Berlin oder in West-Berlin? **Der Vietnamese:** In Ost-Berlin. Es war dunkel. Und dann kamen zu mir zwei Jungen, achtzehn, zwanzig, alle Glatzköpfe, und wollten von mir Geld haben. Ich hab' gesagt, ich hab' kein Geld. Dann haben sie mich einfach geschlagen.

Die Vietnamesin: Ich wurde auch sehr oft angemacht. **Mitglied der Freitagsgruppe:** Sexuell angemacht? **Die Vietnamesin:** Nein, ich wollte in Ost-Berlin in einen Laden gehen und einkaufen, einfach so. Es war »Rudis Reste Rampe« oder irgend was, ich weiß es nicht, und dann kamen zwei raus, und die haben mir dann gesagt: »Hier gibt's nichts mehr, hau doch ab nach Vietnam!« Ich sagte: »Du halt doch die Klappe. Ich finanziere dein Leben. Ich geh' arbeiten. Und wie du aussiehst, gehst du bestimmt nicht arbeiten!« So. Und dann war'n sie ruhig.

Klopfzeichen einer Emanzipation

Dezember 1995. Hans Ingebrand und Reimar Lenz, die Wand an Wand wohnen, praktizieren eine uralte Form der Nachrichtenübermittlung. Das ist für sie effektiv praktizierte Emanzipation.

Reimar Lenz: Das ist er, das Klopfzeichen. Jetzt kommt er zurück. Natürlich könnten wir auch zusammen wohnen. Aber getrennte Räume sind oft für eine Verbindung, für eine Freundschaft – das geht ähnlich wie mit der Ehe – viel besser.
Wenn ich dreimal klopfe, dann heißt es: Es spielt sich nichts ab, der Herr Reimar Lenz ist nicht zu sprechen.
Detlef Gumm/Hans-Georg Ullrich: Aber ihr könntet doch auch eine Tür in die gemeinsame Wand setzen!
Reimar Lenz: Ja, oder ein Guckloch ... Aber das ist schon zuviel! Es ist ja ganz gut, wenn jeder sein eigenes Reich hat, und dann kann man sich zum Beispiel so unterhalten.

»Mahnwache bei dem Wetter, das fehlt mir ja noch! Aber: kalte Beene für den Frieden, wa?«

Auf der anderen Seite der Wand:

Hans Ingebrand: Wenn er nicht klopft, dann weiß ich, er hat irgend was, wobei er nicht gestört werden will. Oder sagen wir mal, er hat es nicht gehört, er ist auf dem Klosett. Dann muß ich halt noch mal klopfen. Geh' ich noch mal hin und klopfe, mit gleichmäßigen Schlägen. Und dann warte ich wieder. Wenn dann aber kein Antwortzeichen kommt, dann hab' ich auch noch einen Schlüssel. Dann kann ich rübergehn und gucken: Ist er überhaupt da? Liegt er im Bett, ist er krank, oder was ist los?
Reimar Lenz: Viermal klopfen heißt, es geht was los. Das heißt jetzt zum Beispiel, es geht los zur Mahnwache, und ich muß die Stiefel anziehen und mich warm einmummen.

Göttinger Herbstzeitlose

September 1997. Reimar Lenz geht mit seiner 93 Jahre alten Mutter im Botanischen Garten von Göttingen spazieren.

Reimar Lenz *(zu seiner Mutter)*: So, und das sind keine Krokusse, sondern Herbstzeitlose, ich staune! Die sehn nämlich genauso aus wie Krokusse. Siehst du da die Herbstzeitlosen? *(zu den Filmemachern)* Unser Hörrohr ist kaputt, deshalb ist das heute alles schwer zu schalten.
Ich bin alle paar Wochen hier, und der Ausflug zum Botanischen Garten, das ist die Krönung. Mein Vater hat hier mit der Mutter Blumen gezüchtet. Über Jahre und Jahrzehnte. Wir hatten das Glück, hier in der Direktorswohnung wohnen zu können, und wir hatten jederzeit den Auslauf im Botanischen Garten.
Mutter: Du hast so kalte Hände! **Reimar Lenz:** Kann man nicht ändern. Jeder hat die Hände, die er hat.
… Und hier sind wir rumgetanzt bei meiner Abiturfeier.
Detlef Gumm/Hans-Georg Ullrich: Was genau hat dein Vater hier gemacht? **Reimar Lenz:** Der war hier Professor für Humangenetik. **Mutter:** Du hast einen viel zu leichten Mantel an. Einen Regenmantel! **Reimar Lenz:** Ja. Wir schaffen das aber. Es ist Sonnenschein. Wenn es uns zu kalt wird, fahren wir wieder nach Hause. **Mutter:** Nach Hause! Ins warme Stübchen! **Reimar Lenz:** Das wird auch gleich starten. Aber jetzt haste noch mal den Sonnenschein.

Detlef Gumm/Hans-Georg Ullrich: Sie haben ja eine unglaubliche Ähnlichkeit mit Ihrem Sohn. **Mutter:** Jaja. **Reimar Lenz:** Alte Raubritter, von der mütterlichen Seite. **Mutter:** Ja. Man sieht sofort, daß ich seine Tochter bin. **Reimar Lenz:** Nee, Tochter nicht. Ich bin der Sohn, und du bist meine Mutter!
Mutter: Ja. – Ich bin deine Mutter. **Reimar Lenz:** … Ich muß jetzt auf dich aufpassen, als wenn du meine Tochter wärst. Das kehrt sich um, da hast du recht, ja? Ist immer so im Alter.

Ein Nachwort über das Altern

Reimar Lenz: Das ist so schwierig! Es gibt ja Zehntausende, Hunderttausende sehr alte Menschen in Berlin, die über Einsamkeit klagen. Niemand ruft sie an, niemand sieht sie, liebt sie, niemand kümmert sich. Ist ja auch alles furchtbar traurig. Und die haben es ganz offenbar nicht gelernt, von sich aus Geselligkeit zu stiften, Leute einzuladen, Interessen zu entwickeln und sich was aufzubauen, über Jahre und Jahrzehnte. Das Kommunikationstalent, wenn das nicht da ist, dann bleibt nur diese Neurose »Niemand liebt mich, und deshalb sterbe ich jetzt einsam in meiner Dachkammer.« Aber was könnte Altsein wirklich sein? Ist dieses Stehenbleiben und Insichruhn, ist das das Alter?

»Das begleitet mich mein Leben lang.«
Sommer 1998. Reimar Lenz geht mit Hans Ingebrand auf eine Reise in die Vergangenheit, ins katholische Westfalen.

Hans Ingebrand: Das ist hier der Bauernhof, den ich heute kaum noch wiedererkenne, in dem ich einen wesentlichen Teil meiner Kindheit verlebt habe. Und hier waren auch die Stellen, wo die Zivilbevölkerung terrorisiert wurde durch die Tiefflieger. Man mußte dann vom Pferd und Wagen weg, das Pferd stehenlassen, und die Kinder in die Ackerfurchen, so, wie's mir passiert ist. Hier an der Ecke, an dem Kreuz, da hab' ich mich vor einem Tiefflieger retten müssen, hab' mich einfach flach auf den Boden hingeschmissen, das hatte ein Mann uns beigebracht, was man machen mußte. Und dann machte der Flieger eine Kehre, und in der Zeit konnte man schnell laufen, und das hab' ich dann auch geschafft, bis hier zu dem Wäldchen hin, da war ich außer Sichtweite.
Ist kaum wiederzuerkennen. Das war natürlich alles anders. Ich weiß noch genau: – Ja, das waren die Pferdeställe hier, das war Kuhstall hier, da drüben warn die Schweine. **Bäuerin mit Hund:** Sind sie auch immer noch.
Hans Ingebrand: Wenn Schweine geschlachtet wurden, da gab es nicht den Bolzenschußapparat wie heute oder den elektrischen Schlag, sondern es gab die Axt. Und wehe dem, wenn der erste Schlag daneben ging! Dann war das hier eine gedrückte Stimmung im Bauernhof den ganzen Tag über. Und wenn der zweite nicht saß, das war noch schlimmer.
Reimar Lenz: Hast du hier irgendwie ein Kinderzimmer gehabt innerhalb dieses Hauses? **Hans Ingebrand:** Nein, Kinderzimmer gab es hier nicht. Man schlief mit den Eltern in einem Zimmer, das war hier räumlich alles beengt.
Wir waren hier, und die Flüchtlinge waren noch in einem Arbeitsdienstlager, in einem

ehemaligen Wehrmachtslager untergebracht. Wir waren ja evakuiert, wir warn schon eine Stufe höher, ja?
Die Flüchtlinge waren die sozial unterste Stufe hier. Dann kamen die Evakuierten, und dann kamen die Einheimischen, nicht? So ungefähr muß man sich das vorstellen.
Die alte Frau Siemann, die mir bis heute auch ein Vorbild ist, diese alte Bauersfrau fand ich so sympathisch, weil sie gegenüber Minderheiten sehr kulant war – wir waren ja nun als Evakuierte eine Minderheit, und auch als religiös anders getönte Leute, wir waren nämlich evangelisch, da waren wir im katholischen Milieu ja auch Außenseiter. Diese alte Frau war sehr liberal eingestellt. Das ging so weit, daß sie zu meiner Mutter einmal sagte: »Weißt du, ich finde das so schön, daß ihr den Jesus so in den Vordergrund stellt in eurer Religion.«
Ich hänge hier an dem Haus und an der Bauernschaft. Das begleitet mich das ganze Leben lang.

Im Dorfwald, am See

Hans Ingebrand: Das ist alles noch so wie vor dreißig, vierzig Jahren. Das Dorf hatte damals etwa fünftausend Einwohner, und die Jugend des Dorfes versammelte sich hier. Hier hatte die Jugend dann schon mal die Möglichkeit, sich wegzuschleichen, und dann hat sie sich hier vergnügt. Man hat natürlich als Dreizehn-, Vierzehnjähriger die ersten Kontaktversuche gemacht, erotische … Reimar Lenz: … Sehnsüchte ausgebrütet. Hans Ingebrand: … die ersten erotischen Anbahnungen waren hier. Man hat Gefühle gehabt plötzlich. Man fand einen Menschen besonders anziehend, toll und so weiter. Das durfte man aber hier so nicht. Das konnte man hier nicht so offen zeigen, daß zum Beispiel Vierzehnjährige Freundschaften hatten, sich umarmten und so weiter – das war hier nicht drin. Das war shocking.

Die katholische Kirche war hier damals noch sehr stark, und die Moral war anders als heute, und so hat man dann hier gelegen, halb nackt, und hat sich vielleicht mal was gewünscht, und man durfte es nicht einmal aussprechen. Man hat das alles dann meistens ins Lächerliche gezogen und hat gefeixt – immer so halb ernst, halb lächerlich –, und dann war das meistens abgetan, war gegessen. Man durfte sich im Erotischen also gar nichts erlauben. Sicherlich ist da einiges passiert. Aber es mußte alles unter der Decke bleiben. Und man durfte sich im Erotischen gar nicht einer Abweichung schuldig machen. Daß man irgendwie mal auffällig in anderer Hinsicht, so wie das heute – das war also alles hier nicht drin. Und das war sehr schwer zu ertragen. Das war ein ewiger Druck und ein Schuldgefühl.

Reimar Lenz: Deshalb bist du ja Sportsieger geworden. Da hattest du doch ein Ventil gehabt. **Hans Ingebrand:** Und deswegen konnte ich auch hier auf die Dauer nicht bleiben. Das war mir klar. Das waren nicht nur meine Eltern, die zurück zogen nach dem Kriege, weil sie eben Stadtmenschen waren, sondern es war auch für mich ganz gut, denn diese Enge hier, diese geistige und seelische Enge, die hätte ich auf die Dauer nicht ausgehalten.

Reimar Lenz: Wie verklemmt wir hier in der Adenauerzeit waren, kann sich ein junger Mensch heute nicht mehr vorstellen. Einen menschlichen Körper gab's da gar nicht. Sinnlichkeit? Gab's nicht. Aufklärung? Mein besorgter Vater rief mich in sein dunkles Studierzimmer und erzählte mir was von Schmetterlingen und Schmetterlingseiern, das hab' ich bis heute nicht kapiert, und das war's dann. So war das Ganze eben. Ich hatte mit dreiundzwanzig Jahren noch keine Ahnung, das kann sich heute keiner mehr vorstellen. Bei uns war Sexualität nicht etwa verboten, sie existierte gar nicht.

Hans Ingebrand: Ich war auf Männlichkeit getrimmt. Ich war auf Leistung getrimmt. Ich war auf Anerkennung getrimmt. Ich war getrimmt, ja nicht auffällig zu werden, in keiner Hinsicht! Und ich wollte ja Maler werden und habe gedacht, ja also, ich muß raus aus einer bürgerlichen Enge von zu Hause und raus aus solch einer dörflichen Enge, vor allen Dingen mit den Kirchen.

Ich habe das bis heute nicht überwunden und habe vielleicht sogar noch einen Rest von Haß auf Kirchen; obwohl ich weiß, daß Kirchen auch ihre Flügel haben, ihre rechten und linken Flügel, ihre liberalen Seiten, ihr menschliches Gesicht, aber es hat er-

hebliche Gruppen in der Kirche gegeben, ob in der katholischen oder evangelischen, die mir mein Leben ganz entscheidend kaputtgemacht haben. Das muß ich hier mal ganz deutlich sagen. Und wenn ich psychisch und auch geistig nicht so aufgeschlossen und so stabil gewesen wäre, dann wäre ich darin untergegangen. Ich wäre geisteskrank geworden, davon bin ich heute überzeugt.

»Ewig wird es nicht gehen.«
Reimar Lenz verabschiedet sich.

Reimar Lenz: Jeden Tag nimmt man sich hier eine Stunde, um sich wieder zusammenzufinden und nachzuprüfen, wie man heißt und was man will.
Überhaupt finde ich, es ist am besten, jeder ist sein eigener Meditationslehrer und sein eigener Arzt, soweit er sich heilen und sammeln kann.
Also, zunächst mal überprüfen: Hast du heute geraucht? Hast du gesoffen? Hast du Sport gemacht? Hast du das gemacht? Hast du das gelassen? Das sind so einfachste Übungen, und dann kommen viele andere Übungen dazu.
Ich habe im Moment ein Problem. Und zwar: der Tod. Irgendwann fängt man ja damit an, darüber nachzudenken. Und ich habe festgestellt, irgendwie freue ich mich auch drauf. Vor allen Dingen auf den ersten Tag hinterher. Wirklich, dieser ewige Urlaub: morgens nicht mehr zum Bäcker gehn und dabei die »BZ« sehn. Oder die seriöse Presse zum Beispiel. Immer wieder die Folterberichte von »Amnesty«. Immer wieder den Artenschwund bei »Greenpeace«. Immer wieder die »Welthungerhilfe«. Und die haben ja alle nur recht und machen einem ein schlechtes Gewissen. Und der Herr

Christus auch und der Herr Buddha auch und der Karl Marx vielleicht auch noch, und die Märtyrer … Also, ich finde das alles ein bißchen stressig.
Dann packt man sich hier hin und sagt: Ewig wird es nicht gehn.
Und es ist natürlich sehr wichtig, da 'ne Vorsorge zu treffen, daß einem nicht jemand das vermasselt, zum Beispiel durch das Einsetzen eines Schweineherzens oder durch Cloning oder so, daß man dann weiterleben muß.
Dann gibt es natürlich noch meine esoterischen Freunde, die sagen, daß wir alle wiedergeboren werden. Das wär 'ne besondere Pleite. Da steh' ich ja nun überhaupt nicht drauf. Aber wenn die wider Erwarten recht behalten – was mach' ich dann? Dann schwöre ich schon jetzt, daß ich zur Buße für meine Lästerzunge eine untergeordnete Stellung einnehmen werde. Ich werde als Laus in ihrem Pelz erscheinen oder, sagen wir mal so, als Küchenschabe in der metaphysischen Gerüchteküche und werde das ausbaden, daß ich nicht an die Wiedergeburt glaube. Im übrigen gibt es die gar nicht. Denn wir haben hier keine bleibende Statt, und die zukünftige suchen wir auch nicht mehr.
Aber immerhin, ein halbsanftes Ruhekissen.
Das ist doch toll, wenn man denkt, daß man noch lebt, dankbar für jeden Tag. Ich bin auch gar nicht krank. Mir wird nur langsam klar: Ewig geht das hier nicht.
So, jetzt wird gepennt. Das ist mit Meditation nicht identisch, aber ähnlich wohltuend. Es geht immer um Beruhigung.

Reisen in unbekannte Nähe
Ein Essay

»Die Wahrheit herauszugraben unter dem Schutt des Selbstverständlichen, das Einzelne auffällig zu verknüpfen mit dem Allgemeinen, im großen Prozeß das Besondere festzuhalten, das ist die Kunst des Realisten.«
Bertolt Brecht

Sie zeigen Menschen ohne Maske und lassen uns in das ungeschminkte Antlitz unserer Zeit schauen. Durch ihren geduldigen Blick erleben wir Menschen auf dem Weg in das Jahr 2000, auf die wir ohne ihre Hilfe wahrscheinlich nicht geachtet hätten.
Sie erzählen Geschichten von alten und jungen Frauen und Männern, die keine Geschichte gemacht und nichts Sensationelles erlitten haben, an denen aber der Lauf der Zeit nicht ohne Spuren vorbeigegangen ist.
Sie sammeln Bilder und Töne, die unbekannt, vergangen und vergessen wären, hätten sie sie nicht aufgehoben und zu einem Abbild unseres ausgehenden Jahrhunderts verdichtet.
»Sie filmen nur, was ist. Sie wissen nicht, was passieren wird; sie sind offen für das, was kommt. Sie passen sich dem Tempo der Leute an, mit denen sie es zu tun haben, sind neugierig auf deren Anderssein. Auch auf die Gefahr hin, daß das pathetisch klingt – aus ihren Filmen spricht, was sie ausstrahlen: Menschenliebe.« (*Christiane Grefe, 1986 in der »Süddeutschen Zeitung«*)
Die so beschriebenen Filmemacher Detlef Gumm und Hans-Georg Ullrich sind mit ihrem Projekt »Berlin – Ecke Bundesplatz« Autoren eines kollektiven Tagebuchs des ausgehenden 20. Jahrhunderts und gleichzeitig Alltagsethnographen mit Kamera und Mikrophon auf einer Expedition in den Bundesplatz-Kiez in Berlin. Vor allem aber sind sie als Künstler im Brechtschen Sinne Realisten. Ihr bisher größtes Filmwerk, das sich auch vom Film »Die Kinder von Golzow« – dem geheimen Vorbild – unterscheidet, ist in seiner uneitlen und unspektakulären, respektvollen und liebevollen Art singulär, wenn man bedenkt, daß der Bildschirm zum Jahrmarkt der Peinlichkeiten geworden ist.
»Jeder heutige Mensch kann einen Anspruch vorbringen, gefilmt zu werden«, schrieb Walter Benjamin 1936. In seinem Essay »Das Kunstwerk im Zeitalter der technischen Reproduzierbarkeit« erinnert er so zu einer Zeit, in der der Film längst Propagandainstrument der Nazis war, an das demokratische Potential, das im Film steckte. Der Film war es, der es den Massen ermöglicht hatte, eine kulturelle Identität auszubilden, was zuvor dem Adel und der Bourgeoisie vorbehalten war. Das war die Beschwörung einer republikanischen Hoffnung.
Jeder Mensch kann heute, 1999, den Anspruch vorbringen, in einer der 365 Talkshows aus seinem Privatleben zu »quatschen«. Das Fernsehen, als der demokratische große

> »Uns ist klargeworden, daß das am Ende unseres Jahrhunderts ein Zeitdokument besonderer Art ist.«
> Detlef Gumm und Hans-Georg Ullrich, 1993 – mitten in der Arbeit am Projekt

Bruder des Films, erweist sich durch die Vergesellschaftung der Identität als das Instrument von deren Vernichtung. Das ist ein bundesrepublikanisches Ergebnis.
Am Ende des 20. Jahrhunderts und zum Eintritt in ein neues Jahrtausend setzen zwei eher stille Filmemacher ein Zeichen gegen den Verfall der Moral in unserer Zeit und in den Medien im besonderen. Indem sie sich zurücknehmen aus dem Glamour falscher Medienpräsenz, stellen sie sich helfend in den Dienst ihrer Objekte, die jedoch durch ihre filmische und menschliche Kompetenz immer Subjekte bleiben. So entfalten die rücksichtsvollen Filmkünstler das republikanische Potential sozusagen widerständig, indem sie behutsam die Identität eines ganzen Kiez-Kollektivs bewahren und als sensible Diaristen die Geschichten für die Geschichte festhalten. Was unterscheidet die fürsorglichen Filmemacher Gumm und Ullrich von dem verbreiteten gnadenlosen Paparazzo-TV? Auf die Gefahr hin, daß das pathetisch klingt – ihre Filme zeigen Güte und Klasse.
Sie wissen um die exzessive Sehnsucht nach dem allumfassend Guten, die unsere Gesellschaft tief innen beherrscht. Sie selbst werden von ihr getragen, und sie bestimmt ihr Handeln in der Arbeit. Dadurch verweigern sie sich dem allfälligen Medien-Zynismus, der diese Sehnsucht mit einer Flut von Schreckensbildern nährt, wie wir es gerade im »Kosovo-Krieg« erleben, oder wie er sich am täglichen Mißbrauch von sozial oder psychisch vorgeschädigten Menschen zeigt, die in die Talkshow-Arenen des Voyeurismus geschickt werden. Gumm und Ullrich schützen dagegen mit ihrer behutsamen Teilnahme am Alltagsleben und an der Biographie die Sehnsucht der Menschen geradezu, indem sie sogar ihre Schwächen und Verletzlichkeiten achten. Durch ihre Filmarbeit wird der WDR als ihr Fernsehauftraggeber nie genötigt sein, einen psychologischen Hilfsdienst zu verpflichten, der die »Medienopfer« nach ihrem »Einschaltquoten-Gebrauch« wieder zusammenzuflicken hätte. Im Gegenteil: Ihr Blick hinter die Fenster und Türen der kleinen Leute von nebenan macht deren Träume und Hoffnungen zum Zentrum erlebter Zeitgeschichte. Die Autoren verhelfen ihren »Helfern« dazu, selbst Autoren von Zeitgeschichte zu werden.
Stat trivialisierter Wohnzimmerschicksale, wie sie uns als TV-Serienelend entgegenkommen – voller Krisen, Unglück und Mißverständnisse mit einer starken Tendenz zur Katastrophe und dem ganz normalen Wahnsinn –, suchen Gumm und Ullrich dagegen das wahnsinnig Normale und zeigen es so, daß jedem Spanner (und Zapper)

die Lust vergeht. Sie respektieren Eigenheit und Besonderheit ihrer Hauptpersonen, lassen alte Damen alte Lieder singen, junge Männer verrückte Bodybuilder-Träume verfolgen, zeigen das langsame Vergehen des Eheglücks und die Unaufhaltsamkeit von Krankheit und Alter, aber auch die Hoffnung durch neugeborene Kinder, frische Karrieren in Kanzleien und auf Schornsteinen. Mit Verständnis geben sie den Bundesplatz-Bewohnern zurück, was diese ihnen mit der Dreherlaubnis entgegengebracht haben: Respekt. Diese Haltung ist die Basis ihrer Arbeit, und nur dadurch erhalten sie Einblick in fremde Lebensläufe, die sie in bearbeiteter Filmform über das Fernsehen an die Gesellschaft weitergeben können.

Darin steckt die Moral des Realisten als Künstler: Er braucht sich nicht für das Gejohle auf dem Markt zu verbeugen.

Darin steckt die Kunst des Realisten: Die Portraitierten müssen sich nicht vor dem Gespött der Zuschauer fürchten.

Darin steckt die Arbeit des Ethnologen: Seine Reisen in unbekannte Nähe werden nicht zur Kirmesattraktion.

Ich will mit aller Absicht einen gewagten Vergleich vornehmen: In der ernstzunehmenden Dokumentarfilmarbeit sticht das Werk des französischen Ethnologen und Philosophen Jean Rouch hervor, dem etwa 80 Filme zu verdanken sind, die in 35 Jahren entstanden und unbekannte Sitten und Gebräuche von Völkern und Stämmen in entlegenen Gegenden Afrikas zeigen. Er unternahm seine Drehreisen dorthin, um mit gelassener Geduld, voraussetzungsloser Zuneigung und filmischer Offenheit zu forschen und für die europäische unkundige Nachwelt zu erhalten, was vom Fortschritt bedroht und von der Entwicklung überrollt zu werden drohte. Seine Filme werden in (Völkerkunde-)Museen gezeigt, auf Fachkongressen analysiert und als cineastische Edelsteine in der Pariser Cinemathèque bewahrt. Rouchs Leistung besteht nicht darin, mit der Kamera zu Blitzbesuchen und Schnelleinsätzen aufzutauchen. Langsam, sehr langsam hat er Vertrauen gewonnen, Fremdheit überwunden, vor allem aber auch sich selbst der Erfahrung und Entwicklung ausgesetzt. Seine Filme werden durch eine Spannung des Wechselspiels zwischen Fremdheit und Nähe bestimmt. Würde man mit vorgefaßten Meinungen, vorgeprägten Bildern und flinkem empirischem TV-Journalistenraster reisen, dann würde es sich erübrigen, auf Ergebnisse wie auf einer Forscherreise zu hoffen. Rouchs meisterhaftes Vorbild lehrt, daß Geduld, Neugier und vor allem die Fähigkeit, Zeit zu schenken und sich Zeit zu lassen, die menschliche und fachliche Kompetenz des Dokumentaristen als Ethnograph sind.

Als würden sie diesem Vorbild nacheifern, erinnern mich Gumm und Ullrich in ihrem Ansatz und Einsatz an Jean Rouch, allerdings für ihre nächste Nähe, ihre Stadt und ihren Kiez. Wie er bewahren sie Sprache und Gesten des ausgehenden Jahrhunderts, halten Kücheneinrichtungen und Handwerksverrichtungen fest und heben durchschnittliche Biographien auf, die im nächsten Jahrhundert vergessen wären.

Es bedurfte der gemeinsamen Anstrengung von Dieter Saldecki und mir, zunächst einmal das Geld – über viele Etatjahre – zur gleichmäßigen Finanzierung der Expedition in den Berliner Kiez zu sichern. Das andere war der Kampf um die Sendezeit. Sie ist in einem unter heimlicher Konvergenzneigung stehenden Rundfunk das schwierigere und kostbarere Gut.

Für das kollektive Gedächtnis der Deutschen sind die Filme der bescheidenen Dokumentaristen Gumm und Ullrich deshalb wertvoller als viele Marktanteilssieg-Produkte, weil sie den Blick der Zuschauer – auch und gerade zukünftiger Generationen – auf den Kern der Wirklichkeit, auf eine Wahrheit zu lenken verstehen. Was in den Medien heute in ihrer zunehmenden Verrohung durch aufgeputzte Dreistigkeit unter dem Vorwand des Zuschauerbedürfnisses zuschanden geritten wird, bewahren Gumm und Ullrich: die Wahrheit in den Abbildern.

Martin Wiebel

Ich glaube, daß die Menschen in der anderen Welt Ferngläser haben, mit denen sie uns sehen können. Sie können uns zu sich heranziehen.
Alice May Williams, Auckland/Neuseeland, um 1911

Materialien, Daten und Fakten zur Filmreihe »Berlin – Ecke Bundesplatz«

Der Autor
Peter Paul Kubitz, geboren 1952 in Berlin; Journalist u.a. für die »Neue Zürcher Zeitung«, »DIE ZEIT«; Lehraufträge für Mediengeschichte und -theorie an den Universitäten Marburg und Leipzig; Sachbuchautor (»Der Traum vom Sehen«, 1997) und Filmemacher (»Between the Lines – Die Sprache des Architekten Daniel Libeskind«, 1999).

Die Filmemacher
Hans-Georg Ullrich, geboren 1942 in Magdeburg; Fachschule für Fotografie; Assistenz bei der US-Fernsehgesellschaft CBS; Film für den deutschen Pavillon auf der Weltausstellung in Osaka (1969); mehrere Industriefilme, darunter eine preisgekrönte Produktion (auf dem Industriefestival von Paris, 1970).

Detlef Gumm, geboren 1947 in Ludwigshafen/Rhein, nach dem Abitur im Tonstudio der BASF und Studium der Publizistik, Theaterwissenschaften und Kunstgeschichte in Berlin; 1972 freier Mitarbeiter für den WDR (Hörfunk und Fernsehen).

Seit 1972 arbeiten Detlef Gumm und Hans-Georg Ullrich zusammen und haben in dieser Zeit etwa 100 Dokumentarfilme gedreht. Ihr Interesse richtete sich stets auf das Leben der »kleinen Leuten«, und immer filmten sie ihre Protagonisten in Augenhöhe: Sie betrachteten die Menschen, die sich ihnen, ihren Fragen und ihrer Kamera stellten, als Partner. In »Berlin – Ecke Bundesplatz«, dem Opus summum ihrer Filmarbeit, wird diese Haltung auf beeindruckende Weise sichtbar.

Filmografie (Auswahl) von Detlef Gumm und Hans-Georg Ullrich:
1973: »Alltag – Bilder von unterwegs«, 24 Dokumentarfilme für den WDR
1979: »Deutschlandgeschichten«, Prädikat »wertvoll«, Filmfestspiele Berlin und Tokio
1981: »Vom Überstehen der Stürme«, Prädikat »besonders wertvoll«, Festival Saarbrücken
Grenzfilmtage, Duisburg
»Tomayer fährt weiter«, Prädikat »besonders wertvoll«
»Breker oder nichts gelernt«, Prädikat »wertvoll«, Preis der Film- und Fernsehschaffenden der DDR, Festival in Leipzig 1982, Tampere, München, Würzburg, Florenz

»Was Gumm und Ullrich leisten mußten, war dies: »Volks«-Vertreter finden, bei denen das Besondere das Exemplarische nicht ausschließt und bei denen die Bereitschaft, ein Fernsehteam in ihren Alltag einzubauen, die Aktion vor der Kamera weder zur sturen Routine noch zur stets erneuerten Aufregung werden läßt ... Schon in den ersten Folgen ist deutlich zu sehen, wie anders, wie gesammelt, stolz und wesentlich Laien vor der Kamera agieren, wenn sie wissen: Das ist nicht zum Vergessen gemacht, das ist ernst gemeint und soll dauern.«

Barbara Sichtermann

»Drei Wochen Nordost«, Prädikat »wertvoll«, Festival in Tomar/Portugal und Frankfurt/M.
1982: »Keine Panik auf Hannibal«, Prädikat »wertvoll«, Preis des Zweiten Europäischen Umweltfilmfestivals Rotterdam 1983
1985: »Der Katalog«, Prädikat »besonders wertvoll«, Festival Duisburg
»Voll auf der Rolle«, Ko-Regie Claudia Schröder, Preis beim Festival in Tomar
1986: »Ein Zirkus voller Abenteuer«, Adolf-Grimme-Preis, Deutscher Videopreis 1990, Festival in Tomar und Frankfurt/M.
1988: »Brasilianische Protokolle«, Festival Leipzig
1991: »Von Straßenkindern und grünen Hühnern«, Preis »Der goldene Spatz« beim Kinderfilmfestival in Gera
»Friede, Freude, Katzenjammer«, Berlinale 1992, Filmfest Washington D.C.
1993/94: »Das Fremde«, Prädikat »wertvoll«
1995/96: »Fotos für die Ewigkeit«
1997/98: »Noch mal davongekommen«
1999 »So alt wie das Jahrhundert«

Aus dem Produktionsprotokoll zu »Berlin – Ecke Bundesplatz«:
Verbrauchtes Filmmaterial: 120 000 Meter
Filmbüchsen im Schneideraum: mittlere LKW-Ladung
Tonkassetten: 350
Mitarbeiter: 20 (ohne Kopierwerk)
Zeitraum: 1985–1999
Drehtage: 600
Schnittage: 1 300
Darsteller: 22, während der Dreharbeiten starben 5 ältere Damen, 4 Kinder wurden geboren
Fertige Filmminuten insgesamt: effektiv 2070 Minuten oder 34 Stunden

Die Kinder- und Jugendfotos stellten freundlicherweise die Interviewpartner zur Verfügung

Fotos von Ingeborg Ullrich auf den Seiten:
6, 10, 13, 18, 19, 23, 24, 28, 34, 35, 37, 52, 53, 56, 59, 67, 71, 73, 78, 79, 83, 88, 91, 97, 104, 105, 109, 114, 117, 125, 129, 134/135, 139, 142, 143, 146, 153, 154, 155, 162, 163, 167, 172, 173, 174, 175, 183, 196/197, 207, 208, 213, 214, 215, 219, 229

Die Deutsche Bibliothek – CIP-Einheitsaufnahme

Berlin- Ecke Bundesplatz oder wie das Leben so spielt : das Buch zur TV-Reihe Berlin-Ecke Bundesplatz / Peter Paul Kubitz. Unter Mitarb. von Doris Erbacher. Mit Bildern aus den Filmen und mit Fotogr. von Ingeborg Ullrich. - Berlin : Henschel, 1999
ISBN 3-89487-335-3

ISBN 3-89487-335-3
© 1999 by Henschel Verlag
in der Dornier Medienholding GmbH, Berlin
Die Verwertung der Texte und Bilder, auch auszugsweise, ist ohne Zustimmung des Verlags urheberrechtswidrig und strafbar. Dies gilt auch für Vervielfältigungen, Übersetzungen, Mikroverfilmungen und für die Verarbeitung mit elektronischen Systemen.)

Bildrecherche: Doris Erbacher
Lektorat: Jürgen Spiegel, Berlin
Gestaltung/Satz:
grappa blotto+Sonja Hennersdorf, Berlin
Gesetzt aus Caecilia
Gedruckt auf alterungsbeständigem Papier mit chlorfrei gebleichtem Zellstoff
Lithografien: LVD GmbH, Berlin
Druck: Druckerei zu Altenburg